KB082427

FUN & LEARN 01

청소년을 위한
미래 교과서

FUN & LEARN 01

청소년을 위한
미래 교과서

김용섭·김태원·김하종·박길성·이명현
장동선·정지훈·조광래·홍승찬

김영사

차례

포스트 코로나 시대의 공부, 프로페셔널 스튜던트

김용섭

미래에 어떤 존재가 될 것이냐,
어떤 전문성을 가질 것이냐,
이게 정말 우리에게 필요한 공부이다.

오늘날처럼 거대한 변화의 시기에는
변화를 예측하고 준비하는 사람에게
최고의 기회가 다가온다.
조금만 더 부지런하고, 조금만 더 신경쓰면
기회는 엄청 많다.

PROFILE

김용섭

현재 Trend Insight & Business Creativity를 연구하는 '날카로운상상력연구소' 소장이다. 트렌드 분석가이자 경영 전략 컨설턴트로 정부 기관과 대기업에서 2800 회 이상 강연과 비즈니스 워크숍과 300여 건의 컨설팅 프로젝트를 수행했다. 《한겨레 신문》 《한국경제신문》 《머니 투데이》 등 다수 매체에서 칼럼니스트로 활동했으며, KBS 1 라디오에서 10년간 트렌드 분야 전문 패널로 활동했다. 현재는 트렌드 전문 유튜브 채널 '김용섭 INSIGHT'를 운영 중이다. 《프로페셔널 스튜던트》 《언컨택트》 《ESG 2.0》 《결국 Z세대가 세상을 지배한다》 《라이프 트렌드 2022 : Better Normal Life》 등 40여권의 책이 있다.

멈춰 선 김에 쉬어 가자

●

반갑습니다. 트렌드 분석가 김용섭입니다. 코로나 시대에 여러분은 잘 지내고 있나요? 코로나 시대를 맞아 세상이 갑자기 바뀐 느낌입니다. 과거에는 없었던 행동 양식과 문화가 생겨났어요. 좀 낯설고 답답하고 두렵지만, 한편으로는 저는 이게 오히려 좋은 기회라고 생각합니다.

우리 사회는 그동안 열심히 앞만 보고 달려왔잖아요. 무작정 달릴 때는 앞만 보이고, 관성적으로 속도를 올리는 데만 열중합니다. 그런데 한번 멈추면, '내가 잘 지나왔나?' '이 길로 가는 게 맞나?' 하고 둘러보게 되죠. 지금이 그런 시기입니다. 그래서 오늘은 숨 좀 돌리면서, 우리 사회와 세상이 어디까지 와 있는지, 앞으로 어떻게 바뀔지, 또 우리는 미래를 위해 무엇을 공부하고 준비해야 하는지, 같이 이야기를 나눠 보겠습니다.

오늘날 세상이 빨리 많이 바뀌었잖아요. 부모 세대는 대학만 잘 졸업해도 직업을 선택할 수 있고 그 직업으로 평생 먹고살았어요. 한번 배운 기술을 수십 년 쓸 수 있었던 시대가 있었죠. 하지만 지금은 한번 배운 지식을 몇 년도 못 쓰지요. 그만큼 새로운 정보가 계속 나옵니다. 과거에는 어릴 때 바짝 공부하면 그걸로 끝이었지만, 지금은 평생 계속 공부해야 살아남을 수 있어요. 직업도 한 가지가 아니라 여러 가지를 가져야 할 거예요. 세상이 바뀔 때마다 새로운 가치를 찾아서 공부하고 적응해야 합니다. 그래서 지금 학생들은 부모 세대가 알고 있던 직업관을 다 버렸으면 좋겠어요. 능동적으로 계속해서 학습하는 자세와 능력이 중요합니다.

코로나 시대에 학생 여러분은 자주 온라인 수업을 하죠? 사실 온라인 수업에 필요한 기술이 구축된 건 꽤 오래됐죠. 옛날부터 가능하기는 했는데 거의 안 했어요. 굳이 할 필요기 없었으니까요. 팬데믹 때문에 갑자기 반강제로 시작하기는 했지만, 온라인 교육을 받아 보니까 어때요? 나름대로 장점이 꽤 많죠?

온라인 교육이 가진 가장 큰 장점은 시공간의 제약을 벗어나서 양질의 강의를 들을 수 있다는 데 있습니다. 그동안은 자기가 다니는 학교나 학원에서만 정해진 시간표를 따라 수업을 들었잖아요. 지금은 미국에 있건 영국에 있건, 아침이건 밤이건 상관없어요. 최고의 실력을 갖춘 강사의 수업을 자기가 원하는 시간에 바로 들을 수 있잖아요. 만약 자기가 원하는 내용이 아니거나 강사가 실력이 없다 싶으면 로그아웃하면 그만이고요.

덕분에 학생에게는 양질의 강의를 들을 기회가 더 많아졌습니다. 강사는 강사대로 알차고 재미있게 강의하기 위해 더 많이 준비하게 됩니다. 그래야 조회수가 올라가니까요. 또 어떤 주제에 대해 한 번 강의해서 업데이트하면 그게 반복해서 재생되니까 같은 주제로 중복 강의할 필요가 없습니다. 그 시간에 다른 주제의 강의를 준비할 수 있으니 강사로서도 온라인 수업이 나쁠 게 없습니다. 팬데믹이 끝나더라도 온라인 수업이 가진 장점을 교육 현장에서 잘 활용해야 한다고 생각해요.

본론에 들어가기 전에, 오늘 제 강의에서 대학교 진학을 위한 족집게 비법이나 학교 교과 과정에서 성적 올리는 방법 같은 걸 기대했다면 잘못 찾아왔어요. 그런 거 없습니다. '좋은 대학만 가면 인생 꽃핀다.' '어떻게 공부하면 성적을 높일 수 있을까?' 이런 이야기는

온라인 수업

하지 않을 거예요. 그런 듣기만 좋은 말은 못합니다. 그 대신 제가 생각하는 진짜 공부에 대해 이야기해 볼까 합니다.

팬데믹, IT에 날개를 달아 주다

●

세상은 여러분이 생각하는 것보다 훨씬 많이 바뀌었습니다. 전 세계 기업 시가총액 상위 20위 중에 IT^{Information Technology} 관련 기업이 절반이 넘습니다. 이들 IT 기업은 대부분 스타트업에서 시작해서 오늘날 어마어마하게 덩치가 커졌습니다. 이 가운데 시가총액 1위 기업은 애플입니다. 우리 돈으로 환산하면 약 2800조 원(2021년 8월 시점)입니다. 그런데 이 엄청난 시가총액 중에서 1000조가량은 팬데믹 기간에, 1년 6개월 만에 늘어난 거예요. 세계적인 IT 기업은 대부분 팬데믹 기간에 기업의 가치와 매출이 늘었습니다. 팬데믹 상황이 뭔가 이득이 됐다는 의미겠죠?

기업이 지속적으로 흐름을 타기 위해서는 새로운 기술이 나와서 기존 기술을 대체해 줘야 합니다. 그런데 그 과정에서 새로운 기술이 나와도 기대만큼 속도가 붙지 않기도 합니다. 왜냐하면 현실 세상이 자꾸 브레이크를 걸거든요. 새로운 것보다는 익숙한 것이 좋다는 사람도 많고, 다른 산업 분야에서 새로운 기술을 받아들이지 못할 때도 있습니다. 그래서 생각보다 변화의 속도가 빠르지 않습니다.

그런데 팬데믹이 이 규칙을 깨뜨렸습니다. 팬데믹 상황은 비대면 사회를 강제했습니다. IT는 비대면 시대에 최적화된 기술입니다. 사람들은 브레이크를 걸기는커녕 더 새로운 기술을 내놓으라고 재촉했습니다. 다른 산업 분야에서도 IT 기술과 연계해서 돌파구를 찾으려 했습니다.

'퀀텀 점프'란 갑자기 비약적으로 도약하는 현상을 가리키는 물리학 용어인데, 산업계에서도 씁니다. 팬데믹 시기가 바로 IT 산업의 퀀텀 점프 시기입니다. 팬데믹은 IT 기업에 엄청난 지위와 재화를 가져다주었고, 그 결과 우리는 IT가 주도하는 세상에 살고 있습니다.

시가총액 상위 20위 중에 IT 분야가 아닌 금융·유통·제품 생산 기업도 있기는 합니다. 하지만 이 전통적인 기업들도 이미 IT화되어 있습니다. 오늘날 기업들을 두 종류로 분류할 수 있어요. 원래부터 IT 기업이었거나, 원래는 아니었는데 지금은 IT화된 기업. IT를 빼놓고는 비즈니스와 산업을 얘기할 수 없는 시대입니다.

예측하고 준비해야 살아남는다

●

우리 사회는 팬데믹 기간에 '비대면'이란 말을 굉장히 많이 써 왔습니다. 사람들은 대부분 비대면 하면, '만나지 않기' '얼굴 보지 않기' 이렇게 이해하는데, 그게 아닙니다. 비대면의 핵심은 사람이 만나지 않고도, 사무실에서 일하지 않고도 잘 진행되는 데 있습니다. 비대면이 가능한 이유는 디지털에서 나옵니다. 디지털 기술은 심지어 대면해서 일할 때보다 효율성과 생산성을 높여 놓았습니다. 팬데믹 기간에 IT 기술은 우리가 관습처럼 유지해 오던 비효율성을 크게 바꿔 놓았습니다.

예를 들어 우리나라에서 온라인 쇼핑 거래가 해마다 상승했는데, 팬데믹 기간에 훨씬 급격하게 올랐습니다. 사람들이 갑자기 돈이 많아져서 그랬을까요? 그보다는 오프라인에서 쓰던 돈이 온라인으로 넘어왔다고 분석하는 게 더 맞겠죠. 우리나라만 이런 현상이 일어난 게 아닙니다. 전 세계 온라인 시장이 전체 시장을 주도하는 상황이 일어났습니다. 그전부터 온라인 시장이 확장되고 있었는데, 팬데믹이 적어도 3년에서 5년 정도 시장 변화를 앞당겼습니다.

세상의 변화가 갑자기 앞당겨지면 기업의 흥망성쇠가 대규모로 뚜렷하게 생겨납니다. 당연히 이런 상황을 잘 예측하고 준비해 온 기업은 혁신을 이루며 성공합니다. 이에 비해 대비가 잘 안 된 기업

온라인 쇼핑 거래액 변화(2015~2020년)

161조 1234억 원

134조 5830억 원

113조 7297억 원

94조 7297억 원

65조 6170억 원

55조 556억 원

2015년   2016년   2017년   2018년   2019년   2020년

이나 개인은 그만큼 대응이 뒤처지게 됩니다. 나는 과거처럼 열심히 내 속도로 달렸는데, 어느 날 갑자기 3년 정도 뒤처져 버린 거예요. 심각한 경우 준비가 안 된 기업은 순식간에 문을 닫아야 했어요. 이런 상황에서 우리가 어떤 고민을 하고 어떤 역할을 할 건지 한번 생각해 봐야겠죠?

팬데믹 기간인 2020년에 은행에서 처리된 전체 업무 가운데 은행 오프라인 창구에서 처리된 업무 비중이 7.3퍼센트에 불과했는데, 2021년에는 6.1퍼센트까지 떨어졌어요. 이 기간에 수많은 은행의 오프라인 지점이 문을 닫았습니다. 은행 지점이 폐점해도 우리는 그다지 불편함을 못 느낍니다. 왜냐하면 모바일 뱅킹을 이용하는 게 더 편리하니까요. 모든 금융 거래를 디지털로 처리할 수 있으니 현금으로 거래할 이유가 없죠. 현금 쓸 일 없는 사회, 온라인결제로 모든 게 가능한 사회가 현실이 되었습니다.

각국 중앙은행조차 CBDC(중앙은행이 발행하는 디지털 화폐)를 준비하고 있어요. 중국은 이미 2020년부터 디지털 위안화(중국의 국정 화폐)를 시범적으로 테스트하고 있으며, 미국은 2022년에 조 바이든 대통령이 디지털 달러화 연구 행정 명령을 발표했어요. 여기에 유럽중앙은행도 2026년부터 CBDC를 상용화하겠다는 목표 아

〔표〕금융 서비스 전달 채널별 업무 처리 비중(입출금 및 자금 이체 거래 건수 기준)

	창구	CD/ATM	텔레뱅킹	인터넷뱅킹	전체
2017	10.0	34.7	9.9	45.4	100.0
2018	8.9	30.6	8.0	52.6	100.0
2019	8.2	27.2	6.4	58.2	100.0
2020	7.3	21.6	5.3	65.8	100.0

래 준비에 속도를 내고 있어요. 세계가 디지털 화폐 본위의 경제 구조로 바뀔 날이 머지않았습니다.

이게 단순히 종이돈이 디지털 화폐로 바뀌는 것으로 끝나지 않아요. 디지털 화폐로 바뀌면 자연스레 은행 역할도 바뀌겠죠. 이제까지 은행은 중앙은행이 찍어 낸 돈을 기업이나 개인에게 연결해 주는 중간 유통망 역할을 했습니다. 그런데 디지털 화폐는 중간 단계를 거치지 않고 개인에게 바로 연결됩니다. 은행의 전통적인 업무가 사라지는 셈이에요. 변화의 시대에 은행이 어떤 새로운 역할을 하며 살아남을지 지켜보는 것도 아주 흥미로울 거예요. 어쨌든 기존 금융업계에 엄청난 변화가 일어날 수밖에 없습니다.

팬데믹과 언컨택트로 빨리 다가온 현금 없는 사회

로봇의 일은 로봇에게,
사람의 일은 사람에게

●

이 변화가 갑자기 튀어나온 건 아닙니다. 마이크로소프트 창업자 빌 게이츠는 무려 27년 전에, "은행 업무(금융)는 필요하지만, 은행(창구)은 사라질 것이다"라고 예측했어요. 은행 다니는 사람들은 굉장히 속상하게 들었을 얘기예요. 하지만 정확한 예측이라는 사실을 다들 그때부터 알고 있었어요. 그 미래가 현실이 된 거죠.

은행뿐만 아니라 다른 산업 분야도 마찬가지예요. 예를 들어 '세일즈'라는 단어를 '은행' 대신 넣어 봅시다. 어떤 기업이건 상품을 파는 행위는 필요합니다. 하지만 앞으로 세일즈맨, 물건을 파는 사람은 필요 없어질 거예요. 미래로 갈 필요도 없이, 미국 자동차 기업 테슬라는 자동차를 파는 오프라인 매장도 없고 세일즈맨도 없어요. 그 대신 온라인 플랫폼에서 팔아요. 세일즈맨은 속상하겠죠. 이 흐름을 따라가자니 자기 직업이 사라질 테고, 그렇다고 거부할 명분도 방법도 없으니까요. 개개인은 거대한 변화의 물결에 맞서 싸울 수 없습니다. 그 변화를 예측하고 잘 올라타는 게 최선입니다.

이번에는 '제품을 만드는 공장 노동자'라는 단어를 대입해 볼까요? 생산 현장은 빠르게 로봇으로 자동화되고 있어요. 그래서 많은 사람들이 로봇 때문에 일자리를 잃을 거라고 걱정해요. 그렇다고 로봇 시스템을 거부할 수는 없어요. 전체 사회 경제 차원에서 보자면, 그게 비용을 절감하고 생산성을 높여 주니까요.

사무직 업무도 마찬가지예요. 사무직 업무 중에는 단순 반복 작업이 굉장히 많습니다. 앞으로 이런 업무는 로봇 프로세스 자동화RPA

RPA(로봇 프로세스 자동화)
Robotic Process Automation

기업의 재무, 회계, 구매, 고객 관리 분야 등의
데이터를 수집해 입력하고 비교하는 단순 반복 업무를
자동화를 통해 빠르고 정밀하게 수행하도록 하는 기술

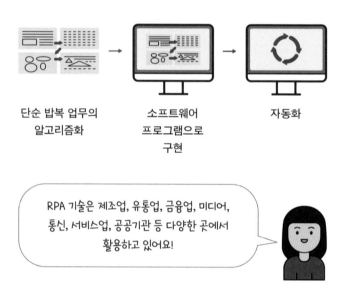

단순 밥복 업무의
알고리즘화

소프트웨어
프로그램으로
구현

자동화

RPA 기술은 제조업, 유통업, 금융업, 미디어,
통신, 서비스업, 공공기관 등 다양한 곳에서
활용하고 있어요!

로 해결할 수 있습니다. LG전자는 이미 사무직군에서 1000개 가까운 업무를 RPA가 대신 처리해 주고 있어요. 이걸 사람의 노동력으로 환산해 봤더니 133명의 노동자가 일주일에 40시간 일하는 몫을 해내고 있다고 합니다. LG전자는 RPA를 도입해서 비용도 절감하고 업무 효율도 크게 높인 셈입니다. 물론 LG전자가 단순히 사무직원을 줄이려고 RPA를 도입하지는 않았습니다. 이제 사무직원은 단순 반복 업무를 하느라 낭비했던 시간을 고스란히 자신의 진짜 업무에 투자할 수 있습니다.

이렇게 되면 진짜 일을 잘하는 사람과 그렇지 못한 사람이 뚜렷하게 구분되겠죠? 그러면 내 진짜 업무가 무엇인지 인지하고 준비한 사람이 인정받게 됩니다.

지난 2019년에 정부 중앙부처 공무원 1만 2000명을 대상으로 RPA나 AI Artificial Intelligence에 얼마나 많은 업무를 맡길 수 있는지 시뮬레이션해 보았습니다. 그랬더니 무려 네 명 중에 한 명이 없어도 일이 정상적으로 돌아간다는 결과가 나왔습니다. 다시 말하지만, 공무원의 1/4을 없애자는 게 아닙니다. RPA나 AI를 도입해서 시간과 비용을 절감하면, 그만큼 본연의 행정 업무에 효율적으로 집중할 수 있다는 얘기입니다.

내가 변화하지 않으면
세상이 하루아침에 변한다

●

곰곰이 생각해 보면, 세상이 갑자기 바뀌지는 않습니다. 계속 조금씩 바뀌어 가는 과정이 있습니다. 변화는 저기 멀리서부터 조금씩 모습을 나타냅니다. 하지만 그걸 유심히 지켜보지 않던 사람들은 세상이 갑자기 바뀐다고 오해합니다. 그러다 보니 변화된 세상에 제대로 대응하지 못합니다.

코로나 팬데믹 사태도 사실은 그전부터 지속된 지구 환경 위기의 결과물입니다. IT 세상도 퍼스널컴퓨터(PC), 인터넷 네트워크, 스마트폰 단계를 거쳐 왔습니다. 그런데 사람들은 평소 세상의 변화와 미래사회에 관심 없다가 코앞에 닥쳤을 때 화들짝 놀랍니다. 그러면 제대로 대응할 수가 없잖아요. 우리는 평소에 저 멀리서부터 오는 변화의 징후를 살피고, 그걸 바탕으로 미래가 어떻게 변화할지 상상해 보아야 합니다. 어떤 새로운 기술이 개발되었는지 알아보고, 어떤 산업 분야가 새롭게 생겨날지 예측해 보아야 합니다.

다음 표는 세계경제포럼에서 2020년에 발표한 〈미래 직업 보고서〉의 '2025년까지 산업 전반에 걸쳐 수요가 증가/감소하는 20가지 직무 역할' 목록입니다. 수요가 증가하는 분야는 기회가 더 많아지고, 감소하는 분야는 반대로 기회가 줄어들겠지요? 수요가 증가하는 직무 상위권에 빅데이터와 AI를 비롯한 IT 관련한 직무가 많다는 걸 볼 수 있습니다. 그만큼 모든 산업이 IT화되어서 그렇습니다. 이건 2025년까지만 유효한 게 아니라, 적어도 2030년, 그 이후에도 흐름이 이어질 것입니다.

흥미로운 건 수요가 가장 증가하는 직무 역할 1위가 Data Analysts and Scientists데이터 분석가&과학자인데, 가장 수요가 감소하는 직무 역할 1위는 Data Entry Clerks데이터 입력 사무원입니다. 둘 다 Data가 들어가는 역할이라 비슷해 보여도 사실은 하늘과 땅 차이예요. 단순 반복하는 정형화된 업무는 사라질 수밖에 없습니다. 과연 여러분은 미래를 위해 어떤 공부를 하고, 어떤 직무, 어떤 전문성을 가져야 할까요?

다음 표는 옥스퍼드 마틴 스쿨의 칼 베네딕트 프레이와 마이클 오스본 교수가 2013년 9월에 발표한 〈고용의 미래〉 보고서 안에 있는

'20년 이내에 로봇이 대체할 가능성이 가장 큰 고위험군 직업 20' 목록입니다. 2013년에 '20년 이내'라고 했으니, 2033년까지 로봇에 밀려 위기에 직면할 직업들입니다. 1위인 텔레마케터는 이미 AI 상담원, 로봇 상담원으로 대체되었고, 세무 대리인이나 대출 업무직, 은행원 등 숫자 계산과 연관되는 전통적인 직업도 이미 감소세가

〔표〕 2025년까지 수요가 증가/감소 직무 역할 20가지

	수요 증가 직무 역할		수요 감소 직무 역할
1	데이터 분석가·과학자	1	데이터 입력 사무원
2	AI·머신러닝 전문가	2	행정·집행 비서
3	빅 데이터 전문가	3	회계, 부기·급여 사무원
4	디지털 마케팅·전략 전문가	4	회계사·감사
5	프로세스 자동화 전문가	5	조립·공장 근로자
6	비즈니스 개발 전문가	6	비즈니스 서비스·관리 관리자
7	디지털 트랜스포메이션 전문가	7	고객 정보·고객 서비스 근로자
8	정보 보안 분석가	8	일반·운영 관리자
9	소프트웨어·애플리케이션 개발자	9	역학·기계 수리공
10	사물 인터넷 전문가	10	자료 기록·재고 관리 사무원
11	프로젝트 관리자	11	재무 분석가
12	비즈니스 서비스·관리 매니저	12	우편 서비스 사무원
13	데이터베이스·네트워크 전문가	13	도매·제조, 기술·사이언스 제품 영업 담당자
14	로봇 공학자	14	관계 관리자
15	전략 고문	15	은행원·관련 사무원
16	경영·조직 분석	16	방문 판매, 뉴스·노점상
17	핀테크 엔지니어	17	전자, 통신 설치자·수리공
18	기계·기계 수리공	18	인사 전문가
19	조직 개발 전문가	19	교육·개발 전문가
20	위험 관리 전문가	20	건설 노동자

본격화되었고, 운전기사도 자율주행 자동차 기술의 진화에 결국 위기를 맞을 겁니다.

이런 보고서를 비롯해서 새로운 정보가 계속 나와도 우리는 자꾸 무시하죠. '이거랑 나랑 무슨 상관이야?' 하면서 말이에요. 당연히 상관이 있죠. 2033년이면 여러분이 본격적으로 사회로 진출할 때입

〔표〕 20년 내 로봇 대체 가능성이 큰 고위험군 직업 20

	직업명	대체율
1	텔레마케터	99.0%
2	세무 대리인	98.7%
3	시간 조절기 조립공·조정자	98.5%
4	대출 업무직	98.4%
5	은행원	98.3%
6	스포츠 심판	98.3%
7	납품 조달 담당 직원	98.0%
8	제품 포장 운반용 기계장치 운전자	98.0%
9	밀링 머신·플래닝 머신 운영 관리자	97.9%
10	신용 분석가	97.9%
11	운전기사	97.8%
12	패션모델	97.6%
13	법률회사 비서	97.6%
14	회계장부 담당자	97.6%
15	계산원	97.1%
16	원자재 연마 가공사	97.0%
17	레스토랑 요리사	96.3%
18	보석 가공 연마사	95.5%
19	우편 업무 종사자	95.4%
20	전기전자제품 조립공	95.1%

니다. 여러분이 목표로 삼은 직업이 혹시 이 리스트에 들어 있나요? 만약 들어 있다면 목표를 수정해야 하지 않을까요? 최소한의 정보를 알고 있는 사람과 모르고 있는 사람은 미래를 예측하고 준비할 때 큰 차이가 있겠죠?

미래에 어떤 존재가 될 거냐, 어떤 전문성을 가질 거냐를 고민한다면 적어도 이런 자료를 찾아보고 참고하면서 방향을 잡아야겠습니다. 이게 여러분에게 정말 필요한 공부입니다. 오늘날처럼 거대한 변화의 시기에 여러분이 만약 부모 세대가 알고 있던 과거 정보에 매달려, '나는 어떤 공부를 할까?' '어떤 전공을 선택할까?' '어떤 직업을 가질까?' 하고 고민한다는 건 좀 문제가 있지 않겠습니까? 과거에서 벗어나지 못한 어른들이 생각하는 '좋은 직업' '좋은 전공'을 맹목적으로 믿을 수 있겠습니까?

포스트 코로나 시대,
프로페셔널 스튜던트가 되자

•

어떤 사람은 팬데믹이 끝나면 우리 사회가 위기에서 벗어날 거라고 말합니다. 저는 팬데믹이 끝나면 진짜 위기가 시작될 거라고 생각합니다. 마스크는 벗겠지만, 숨 막히는 진짜 위기가 찾아옵니다. 뭐냐? 일자리입니다.

팬데믹 기간에 우리 사회는 온라인 수업, 재택근무, 전자상거래, 비대면 활동 등을 경험하면서 이른바 '효율성'을 아주 민감하게 따지기 시작했습니다. 경제 분야는 물론이고 교육 현장도 그렇습니다. 예를 들어 일부 대학교에서는 이미 효율성을 높이는 시도를 하고 있습니다. 전국 대학교에 똑같은 내용의 수업이 진행되는 경우가 아주 많아요. 말하자면 100개 학교가 똑같은 전공 책, 똑같은 커리큘럼으로 똑같은 수업을 하고 있는 거예요. 이건 낭비 아니겠습니까?

그래서 몇몇 대학교에서 관련 분야에서 강의를 제일 잘하는 교수의 강의 동영상을 만들어서 여러 학교에서 온라인으로 내보내기로 약속했어요. 이제 이들 대학교의 학생들은 높은 수준의 강의를 균등하게 들을 수 있어요. 또 각 학교의 교수들은 그 시간에 온라인 강의에서 다루지 않는 특화된 내용을 연구하고 수업 커리큘럼을 짤 수 있어요. 그야말로 교수와 학생 모두에게 도움이 되지 않겠습니까? 앞으로 이런 시도를 하는 학교가 자꾸 나올 거예요. 그러면 당연히 거기에서 흐름을 주도하는 학교, 뒤처지는 학교가 생겨나겠죠. 뒤처지는 학교는 빠르게 사라질 수도 있어요. 팬데믹이 진짜 실력을 검증하게 만든 셈입니다.

일자리도 마찬가지예요. 팬데믹을 계기로 RPA가 빠르게 확산되고 재택근무도 늘어났는데, 그게 아주 효율적으로 작동했습니다. 따라서 포스트 팬데믹 사회에서는 효율성을 높이는 방식으로 업무 조건도 바뀌고 몇몇 일자리는 줄어들 게 분명합니다.

위기의 시기를 거꾸로 뒤집어 보면, 그걸 정확히 예측하고 준비하는 사람에게는 최고의 기회로 다가옵니다. 그런 의미에서 여러분은 프로페셔널 스튜던트Professional Student가 되어야 합니다. 이게 옛날에는 부정적인 말이었어요. 대학 졸업하고 취직을 못해서 사회 진출이 안 되니까 대학원에 진학하거나 졸업을 유예하는 학생을 비꼬는 말이었어요. 그런데 최근 들어서는 이 단어의 뉘앙스가 바뀌었습니다. 어떤 직업이나 전문 분야를 새로이 찾거나 유지하기 위해서 계속 공부하는 사람을 프로페셔널 스튜던트라고 부릅니다.

"공부할 시간이 없어요" "공부할 기회가 없어요", 이런 변명은 지금 시대에 맞지 않아요. 인터넷에는 여러분이 궁금해하는 어떤 분야라도 기초적인 지식부터 전문적인 지식까지 넘쳐나고 있어요. 세계 유수의 명문대 수업, 세계적인 석학의 강연을 온라인에서 얼마든지 볼 수 있어요. 우리가 조금만 더 부지런하고 조금만 더 신경 쓰면 기회는 엄청 많습니다.

대학 졸업장에 대한 환상을 버리자

●

혹시 여러분 중에 아직도 이런 생각을 하는 사람이 있을까요? '중고등학교 때 바짝 공부하고, 대학교 들어가서는 신나게 놀다가 나중에 취업할 때도 바짝 공부하고, 취직하고 나면 평생 놀아야지.' 옛날에는 이런 사람들이 많았죠. 여러분은 이렇게 하면 안 됩니다. 앞으로는 사회에 진출했을 때 지금보다 더 많이 공부해야 합니다. 다만 지금은 주로 시키는 공부, 높은 점수를 받기 위한 공부를 한다면, 앞으로는 자기 가치를 높이기 위해서 스스로 찾아서 공부해야겠죠. 이미 명문대에서도 이런 얘기가 자꾸 나옵니다. 고려대 총장을 지낸 분이, "스카이(SKY, 서울대 고려대 연세대를 함께 일컫는 말) 졸업장의 가치가 10년도 안 남았다"고 공공연하게 말씀했어요. 사실 '10년'은 후하게 보고 말씀한 것일 수도 있습니다.

따라서 좋은 직장에 취직하려면 이른바 일류 대학을 들어가야 한다는 생각도 이제 바뀌어야 합니다. 좋은 학교, 좋은 직장의 가치는 과거와 달라집니다. 이미 짧은 기간에 특정한 전문 분야를 집중적으로 공부하는 마이크로칼리지가 대세가 되고 있습니다. 기존 4년 체제의 대학들 가운데 1년 체제나 6개월 체제로 바꾸는 학교도 자꾸 나올 겁니다. 마이크로칼리지에 대한 수요가 점점 늘어나기 때문이죠. 기존 대학에 가지 말자는 얘기가 아닙니다. 마이크로칼리지 학생은 대부분 대학을 졸업한 뒤에 새로운 기술이나 경제 흐름을 공부하려는 사람들입니다. 지금은 한번 배운 거 평생 쓰는 시대가 아니고, 계속 배워서 진화하는 시대입니다.

이런 상황이 일어난 데에는 기존 대학교가 시대의 변화를 읽지 못하고 과거에 안주한 탓도 있습니다. 많은 기업은 기존 대학교가 기업에서 필요로 하는 인재를 길러 내지 못한다고 평가합니다. 이러다 보니 구글에서는 실무자가 실제로 일한 내용을 바탕으로 자기 회사에서 가장 많이 필요한 네 가지 역할을 배우는 온라인 학습 코스를 만들었습니다. 그러고는, '구글이 제공하는 온라인 커리어 자격증은 4년제 대학 졸업장과 똑같이 취급하겠다'고 밝혔습니다.

우리나라 대기업도 신입사원을 채용할 때 공채를 줄이고 수시 채용을 늘리고 있어요. 공채 때는 지원자가 어떤 능력을 가졌는지 제대로 파악할 수 없습니다. 그래서 얼마나 좋은 대학을 나왔는지, 얼마나 많은 스펙을 쌓았는지 등으로 판단할 수밖에 없어요. 이에 비해 수시 채용 때는 실제로 직원이 필요한 부서에서 일하면서 직접 업무 능력을 보고 판단할 수 있습니다. 스펙이 아니라 정말로 일을 잘하는 능력이 더 중요한 가치가 된다는 겁니다.

심지어 직원 채용 과정에서 대학 졸업장 유무를 고려하지 않는 글로벌 기업이 많아지고 있습니다. 구글·애플·IBM 등은 직무에 따라서 대학 학위를 요구하지 않다 보니 대학 졸업장이 없는 직원의 비율이 꽤 높습니다. 대학을 다녔는지 안 다녔는지 상관없이 그 사람의 특화된 가치와 능력만으로 판단하겠다는 거죠. 대학교 가서 졸업장 하나 가지고 평생 우리던 시대는 완전히 끝났습니다. 이게 대학 가지 말자는 뜻이 아니고요. 대학 졸업 여부와 상관없이 그 사람이 가지는 특화된 가치가 필요하다는 겁니다. 졸업장 종이 한 장으로는 더 이상 못 믿겠다는 겁니다.

〔표〕 대기업의 대졸 신입 채용 방식

회사명	채용 방식
삼성	상/하반기 공채
현대자동차	수시 채용(2019년 전환)
SK	공채+수시 채용(2022년부터 100% 수시채용)
LG	수시 채용(2020년 전환)
롯데	공채+수시 채용
포스코	상/하반기 공채
한화	수시 채용(2018년 전환)
GS	공채+수시 채용
현대중공업	수시 채용(2016년 하반기 전환)
신세계	공채(하반기 인턴 공채 후 전환)

※2021년 상반기 기준 / 공정위 기업 집단 순(농협 제외)

특히나 IT와 연결되는 산업 분야는 기술이 굉장히 빨리 바뀝니다. 수십 년 배운 기술을 몇 달도 못 쓰고 폐기 처분할 수도 있습니다. 새로운 시대에는 거기에 걸맞은 새로운 공부 방법이 필요합니다.

과거였으면 학생들은 그저 학교에서 열심히 교과 수업을 공부하면 됐습니다. 하지만 요즘에는 그렇게 공부하면 나중에 후회할 가능성이 큽니다.

다행히 젊은 세대 중에는 시대의 변화를 재빠르게 받아들이는 친구들도 많습니다. 스타트업을 차렸거나, 유튜브에서 자기의 가치를 내보이거나, 코딩을 배워서 멋진 앱을 만들기도 합니다. 과거에는 불가능했지만, 지금은 마음만 먹으면 얼마든지 가능합니다.

프라이스워터하우스쿠퍼스PWC는 세계적인 회계 컨설팅 기업입니다. 그런데 앞서 우리가 본 보고서에 따르면 세무회계 직업은 미래에 로봇으로 대체될 직업 상위권에 들어갑니다. 당연히 직원들로서는 불안하겠죠. 그러자 PWC의 회장은 직원들에게 이렇게 말합니다. "우리는 당신을 버리지 않습니다." 여기까지 들었을 때 직원들은, '아, 회사만 믿으면 직장에 계속 다닐 수 있구나'라고 생각했겠죠? 그런데 그다음 말이 무섭습니다. "당신이 버려지기를 바라지만 않는다면 말입니다. 자신을 위해 투자하세요. 회사가 할 수 있는 모든 것을 지원하겠습니다."

이게 무슨 말일까요? '회사가 새로운 시대에 걸맞은 기술과 비즈니스 방식을 가르쳐 줄 거다. 이거 못 따라오는 사람들은 버려지기를 바라는 사람이라고 간주하겠다.' 프로페셔널 스튜던트가 되라는 얘기예요. 이제 어떤 기업도 게으른 직원을 영원히 책임지거나 보호해 주지 않습니다.

이 시대에 살아남으려면 계속 공부해야 합니다. 지금 학생 여러분이 하는 공부는 굉장히 쉬운 공부입니다. 점수 받는 스킬이잖아요. 요령도 많고, 정 안 되면 기계적으로 반복해서 외우면 됩니다. 그런데 사회에 나가서 배울 지식은 점수 받는 스킬과는 차원이 다릅니다. 새로운 것을 창조해야 할 공부입니다.

미국 공대생들이 가장 가고 싶어 하는 기업이 테슬라와 스페이스X입니다. 테슬라와 스페이스X는 공통점이 있습니다. 일론 머스크가 CEO예요. 일론 머스크는 워커홀릭이어서 열심히 일할 때는 일주일에 100시간도 넘게 일합니다. 또 직원들에게도 일주일에 80~90시간 정도 일을 시킵니다. 그런데도 대학생들은 이 회사에 들어가고 싶어 합니다. 왜냐하면 편하게 쉬고 노는 것보다 더 중요한 가치를 목표로 잡았기 때문이에요. 자기 미래를 잘 설계할 수 있고 더 많은 가치를 만들어 낼 수 있는 기업을 원한 것입니다. 점수잘 따서 좋은 대학 가고 연봉 많이 주는 회사에 다니면서 편하게 살겠다는 생각은 지금 시대에 어울리지 않습니다. 여러분이 살아갈 시대는 새로운 화두를 생각해야 합니다.

미국 교육협회는 21세기 미래에 필요한 학생들의 가장 중요한 핵심 역량을, Creative창의력, Communication의사소통, Critical Thinking비판적 사고, Collaboration협업 이렇게 네 가지 'C'로 규정했습니다. 교육 개혁의 큰 방향을 이렇게 가져가겠다는 겁니다. 그런데 우리나라 교육 현장에서는 이런 거 다루지 않아요.

앞서 살펴보았듯이, 당장 수많은 사업장이 RPA로 대체될 텐데, 현재의 우리 교육 방식으로는 새로운 시대를 대비할 수 없습니다. 로봇으로부터 자기를 지키거나, 또는 로봇으로부터 대체되지 않는 역할, 즉 자기만이 가질 수 있는 가치를 만들어야 합니다. 이를 위해서 가장 필요한 게 바로 이런 네 가지 C입니다.

사실 이 네 가지 역량을 키우는 교육은 전혀 새로운 방식은 아닙니다. 우리가 알고 있는 현대 교육은 산업화 이전의 교육과 많이 다릅니다. 18세기 산업혁명 이후의 교육은 최대한 많은 사람들을 보편적이고 평범한 인재로 키우는 게 목표였습니다. 의무교육을 실시해서 정해진 커리큘럼에 따라 주입식으로 가르쳤어요. 그래야 기술직이건 사무직이건 산업 현장에서 효과적으로 쓸 수 있으니까요. 지금 시대 공교육의 역할은 여기까지입니다. 사교육은 더합니다. 점수 받는 기술을 가르치는 것 말고는 없죠.

그런데 18세기 전에는, 최대 인원에게 일률적으로 가르쳐서 보통의 시민을 양성하는 게 아니고, 리더를 만드는 교육이었습니다. 위에서 이야기한 네 가지 역량을 키우는 교육이었습니다. 물론 소수 지배층만 교육을 받을 수 있는 신분사회로 돌아가서는 안 되겠지만, 교육의 내용과 형식은 분명히 참고해야 한다고 생각합니다. 미래 교육도 리더를 만드는 교육, 앞서갈 수 있는 사람들을 만드는 교육이 되어야 합니다.

내 안의 목소리에 귀 기울이면
미래가 보인다

●

여러분이 사회생활을 할 때면 새로운 직업군이 등장하고 어쩌면 직장도 자주 옮겨야 합니다. 그런 상황에서 자기를 지키고 적응하려면 적어도 내가 좋아하는 분야, 내가 잘할 수 있는 분야에서 일해야 하지 않겠어요? 그래야 공부를 계속하면서 버티고 진화할 수 있겠죠. 내가 싫어하는 분야, 재미도 없고 엄마가 가라고 해서 선택한 직업으로는 버티기가 어려워요. 여러분 자신이 무엇을 좋아하는 사람인지, 무엇을 하고 싶은지 스스로 답을 찾아야 합니다. 선생님이나 부모님이 아니고, 여러분 스스로에게 귀 기울여 보세요. '내가 진짜 하고 싶은 게 무엇일까?' '나는 어떤 사람이 되고 싶은 걸까?' '내가 어떻게 세상을 변화시킬까?' 하고 말이에요. 그렇게 스스로 목표를 세우면, 그때부터는 어떤 공부가 필요할지 길이 보일 거예요. 대학, 분명히 필요할 수 있습니다. 좋은 대학 가면 유리하겠죠. 하지만 좋은 대학 간다고 인생이 바뀌는 시대는 끝났습니다.

저는 여러분이 계속 진화하고 더 나은 가치를 만들어 갈 사람이 되기를 바랍니다. 이런 사람이 되기 위해서 프로페셔널 스튜던트가 되었으면 좋겠습니다. 포스트 팬데믹 시대는 지금껏 우리가 살던 시대와 크게 바뀔 것입니다. 그러니 잠시 멈춰 서서 여러분의 전공, 직업, 진로에 대해 다시 한 번 생각해 보기 바랍니다.

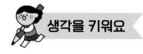
생각을 키워요

Q. 01

고등학생은 자신의 진로나 삶에 대해 스스로 브레이크를 잡기 어렵습니다. 어떻게 해야 휘둘리지 않고 중심을 잡을 수 있을까요?

학생들은 부모님과 학교가 정해 둔 틀 속에서만 계속 살아가죠. 그 틀을 깨는 건 쉽지 않습니다. 굉장히 용기가 필요합니다. 대학에 가지 말자는 얘기가 아닙니다. 여러분이 처한 상황에서 당장 대학을 가는 게 목표라면, 그게 룰이라면 가기는 가야겠죠. 하지만 여러분이 대학에 대한 가치, 기대치를 좀 바꿀 수는 있잖아요. 그리고 여러분 스스로가 무엇을 좋아하고, 어디에 관심이 있는지를 중심에 두고 미래와 직업을 설계했으면 합니다.

고등학생이 지금 당장 할 수 있는 게 별로 없다고요? 그렇지 않습니다. 인터넷에는 각 분야의 전문가와 고수들이 즐비합니다. 그분들 동영상을 보면서 간접 체험도 하고, 그분들이 쓴 책도 읽어 보세요. 내 관심 분야를 알아내기 위해서는 많은 시간과 노력을 투자해야 합니다. 여러분이 지금 당장은 좋은 점수 따서 좋은 대학 가는 게 급한 목표이기는 하지만, 그게 여러분 인생을 결정하지는 않습니다.

Q. 02

나에게 걸맞은 공부를 하라고 말씀하셨는데, 그러기 위해서는 나에 대한 정확한 인지가 필요할 것 같습니다. 어떻게 해야 청소년이 자신에 대해 정확하게 인지할 수 있을까요?

음식을 예로 들어 보자면, 이 세상에 음식이 짜장면 한 가지밖에 없는

데, "나는 세상에서 짜장면이 내 입맛에 제일 잘 맞아" 하고 말하면 거짓말이죠. 자기가 제일 좋아하는 음식을 알려면 돈가스도 먹어 보고 냉면도 먹어 보고 다양한 음식을 먹어 봐야 해요.

마찬가지예요. 자기가 어떤 걸 좋아하고 무엇을 하고 싶은지 금방 찾을 수는 없죠. 이걸 찾으려면 독서도 하고, 강연 프로그램도 참여하고, 사람도 다양하게 만나서 이야기 나눠 보아야 합니다. 이건 누가 대신해 주지 않습니다. 부모님이나 선생님이 대신해 줄 수 있는 영역이 아닙니다. 자기한테 어떤 음식이 가장 맛있고, 뭐가 가장 좋아하는지를 누가 찾아 주겠습니까? 스스로 찾아야 합니다. 입시 공부 하느라고 시간이 별로 없을 거예요. 그래도 짬을 내서 다양한 기회를 찾았으면 좋겠습니다. 내가 나를 모르면 누가 나를 알아주겠습니까?

옛날 방식으로 생각해 봐도 그래요. 입시 공부 열심히 해서 좋은 대학 들어가면 저절로 좋은 회사에 취직되고 그 직장이 정년을 보장해 주고 넉넉하게 월급을 준다면 이런 고민이 전혀 필요 없습니다. 하지만 요즘은 명문대를 나와도 쉽게 취직되지 않고, 어렵사리 회사에 들어가도 평생직장은 존재하지 않아요. 특화된 경력이나 자기만의 가치를 만들지 않으면 기회와 선택의 폭이 아주 좁아집니다.

Q. 03
좋은 회사를 들어가기 위해서 무엇을 어떻게 해야 할지 구체적으로 말씀해 주세요.

학생이라면 누구라도 미래에 좋은 회사도 가고 싶고, 뭔가 가치 있는 일을 하고 싶죠. 그런데 요즘 잘나가는 어떤 분야의 기업이 과연 10년 뒤에도 살아남아 있을까요? 생각해 보면 현재 잘나가는 회사 대부분은 만들어진 지 얼마 안 됐어요. 마찬가지로 그런 기업이 얼마 지나지

않아 사라질 가능성도 적지 않겠죠?

따라서 여러분이 어떤 전공을 선택할 때, 그 분야에서 계속 주저앉아 있을 거라는 생각을 버리고, 첫 번째로 선택한 분야라고 생각해야 합니다. 예를 들어 내가 선택한 전공 분야가 사회적·경제적 상황에 따라 확장되거나 사라질 수도 있잖아요. 그러면 확장된 분야로 건너가거나 아예 새로운 분야를 공부해야 할 수도 있습니다. 또 10대 때 찾아낸 적성이 20대 때 사회생활을 경험하면서 관심사가 바뀔 수 있습니다. 처음에 어떤 길을 선택했다고 계속 그 길만 가는 건 무모한 짓이죠. 내가 진화하고 변화하면 그에 따라 당연히 직업과 직장을 바꿀 수 있어요. 이게 새로운 시대에 필요한 관점이고 태도입니다. 여러분이 지금의 관심사와는 다른 분야도 유연하게 받아들이고 끊임없이 확장해 갔으면 좋겠습니다.

Q. 04

내가 좋아하는 분야가 미래사회에서 가치를 인정받지 못하면 어떡하죠?

여러분 중에 역사를 공부하는 게 재미있는데, 역사학과를 나오면 취직이 안 될 것 같아서 고민하는 학생도 있을 거예요. 절대 그렇지 않아요. 메타버스 세상이 온다고 해서 역사 분야가 사라지는 건 아니에요. 오히려 역사 콘텐츠는 아주 중요한 분야가 될 거예요. 메타버스에서는 디지털 공간에서 이미지를 얼마나 실감 나게 재현하느냐가 중요합니다. 예를 들어 가상현실에서 임진왜란을 3D 체험하는 프로그램을 만들 때, 누가 그 콘텐츠에 디테일을 불어넣겠습니까? 역사를 공부하지 않으면 섬세한 고증은커녕 기본적인 스토리도 재현하지 못해요. 그러면 몰입도 있는 가상현실을 만들지 못하겠죠.

역사뿐만 아니라 금융·교육·문화 등 모든 분야의 전문지식과 기술은 빅데이터와 상호작용이 필요합니다. '미래사회는 IT 산업이 주도한다고 하니 무조건 공대에 가야겠다' 이런 생각보다, '내가 진짜 좋아하는 분야를 어떻게 IT에 접목할까?' 하는 관점으로 접근해 보세요. 어떤 산업이건 누군가는 게을러서 도태되고, 누군가는 새로운 기술을 응용해서 살아남을 거예요.

또 어떤 분야가 뜰 거라고 하면 다들 그 분야로 몰려들어요. 고속도로도 차가 몰리면 답답하게 밀리잖아요. 그러니 남들 신경 쓰지 말고 내가 선택한 길을 뚜벅뚜벅 걸어가 보세요. 그러면 남들이 몰랐던 숨은 답도 찾아내고 그걸로 기회를 만들어 낼 수 있습니다. 앞으로는 자기만의 길을 찾는 사람이 훨씬 가치를 인정받는 세상이 될 거예요.

전통적인 직업들이 새롭게 융합되고, 재해석되는 경우도 많아질 테니 열린 시각으로 직업을 바라봐야 합니다. 과거의 직업이 그대로 미래로 가지 않습니다. 그리고 로봇과 자동화가 수많은 전통적 일자리에 위기를 줄 것이고, 로봇과 경쟁하는 상황에 직면하는 사람도 분명 많아질 것입니다. 하지만 엄밀히 보자면 로봇과 경쟁하는 게 아니라, 자신만의 전문성이자 창조성을 가지지 못한 사람과 가진 사람과의 경쟁입니다. 결국 진짜 실력자는 살아남습니다.

여러분은 한 번 배워서 평생 쓰는 시대가 아니라, 평생 공부하며 계속 성장하는 시대를 살아가야 합니다. 지금 공부하는 게 너무 힘든데 또 평생 공부해야 한다고 해서 힘 빠지는 학생들도 있겠지요? 하지만 어른이 되면 누가 시키는 공부, 점수 따는 공부가 아니라 자신의 관심사와 전문성을 키우기 위한 진짜 공부를 해야 합니다. 이전 시대에는 어른이 되면 공부를 안 하고도 살아갈 수 있었지만, 여러분이 맞이할 미래는 다릅니다. 지속적으로 공부하며 진화해 가는 사람에게 더 많은 기회가 주어질 것입니다. 그러니 프로페셔널 스튜던트가 되십시오.

새로운 미래를 위한 창의적 인재

김태원

미래 사회에 필요한 인재가 되려면
청소년기에 많이 배우고 느끼고 경험해야 한다.
이러한 부분이 쌓이고 서로 융합하면서
단단한 덩어리가 되고 창의력이 된다.

창의력은 변화에 대해
열려 있는 태도와 생각이다.
이런 태도는 갖추는 데 영향을 주는
모든 활동이 의미가 있다.

PROFILE

김태원

현재 Google의 글로벌비지니스 조직에서 임원으로 일하고 있다. 고려대학교 미디어
학부 겸임교수이기도 하다. 제5회 대한민국디지털브랜드대상 앙트러프러너십 부문
에서 수상했다.

미래와 가장 가까운 곳에서
살아가기

●

반갑습니다. 구글에서 일하고 있는 김태원입니다. 여러분, 구글에 대해 관심이 많죠? 제가 여러분 나이일 때는 구글이란 회사가 없었어요. 그러니까 저는 청소년 때 구글에 입사하는 게 꿈이 아니었겠죠? 저는 그때 기자가 되고 싶어서 대학교에 가서 학생기자 활동을 했어요. 기사를 취재하다가 IT 산업을 알게 되고, 구글에 대해서도 처음 듣게 되었습니다. 취재하면 할수록 이 분야가 너무 매력적인 거예요. 그때 꿈이 바뀌었어요. '기자도 좋지만, 미래와 가장 가까운 곳에 있는 IT 분야에서 일해 보면 어떨까?' 뭔가 흥분 같은 게 생겼어요. 이제 보니까 저는 청소년 시기에는 전혀 예상하지 못한 미래를 살고 있는 셈이네요.

구글에서 일하면서 인공지능의 발전을 가까이에서 지켜보며 많은 생각을 하게 됩니다. '인공지능이 못하는 게 과연 있을까?' '기술이 계속해서 발전하더라도 인간만의 고유한 창의성이 따로 있을까?'

인공지능은 끝없이 분야를 확장하고, 또 어떤 분야에서는 인간의 능력을 훌쩍 뛰어넘고 있어요. 인공지능은 아직 초기 단계이고, 그래서 더더욱 과연 어디까지 발전할 수 있을지 아무도 몰라요. 어떤 때는 정말 무서울 정도예요. 하지만 저는 인간만이 가진 독창성이 있다고 생각하고, 그런 믿음을 갖는 게 중요하다고 생각해요. 인공지능은 인간이 해결하지 못한 많은 문제를 대신 해결해 줄 거예요. 덕분에 우리 삶이 더 괜찮아지고 더 나아질 거라고 믿어요. 인공지능은 우리의 멋진 파트너이자 잘 활용해야 할 대상이랍니다.

구글뿐만 아니라 미래를 만들고 있거나 미래 가까이에 있는 기업이 아주 많아요. 또 모든 산업과 문화와 일상에 데이터나 테크놀로지나 AI가 깊이 들어와 있어요. 이 분야가 미래사회의 주된 흐름이라는 사실을 부정하기는 어렵습니다.

미래사회에 필요한 창의적 인재가 되려면 지금 청소년기에 무엇을 해야 할까요? 사실 이 문제에는 정답이 없다고 생각해요. 솔직히 저도 잘 모르겠어요. 창의력 관련해서 수학처럼 공식이 있으면 차라리 속 편하겠다는 생각이 들 때도 있어요. 하지만 그런 게 있을 리 없잖아요. 그러니까 많이 배우고 느끼고 경험하는 수밖에 없어요. 그게 쌓이고 서로 융합하면서 단단한 덩어리가 되면 결국 창의력하고 연결되는 것 같아요. 저는 창의력이라는 게 지능보다는 생활과 업무 태도, 지식을 활용하는 자세와 관련 있다고 생각해요. 그러니까 변화에 대해 열려 있는 태도와 생각이 바로 창의력이라는 거죠. 따라서 그런 태도를 갖추는 데 영향을 주는 모든 활동이 의미가 있다고 생각합니다.

오늘은 제가 다시 청소년 시기로 돌아가서 미래를 준비할 기회가 한 번 더 생긴다면, 나는 어떻게 미래를 준비할까 생각하면서 이야기를 풀어가 보겠습니다. 또 새로운 미래가 어떻게 변화할지, 창의적인 인재가 되기 위해서는 어떤 준비를 하면 좋을지 같이 이야기를 나눠 보면 좋겠습니다.

변화는 피할 수 없다

●

저를 처음 보시는 분들은 서울깍쟁이처럼 생겼다는 얘기를 되게 많이 하더라고요. 정말 그렇게 생겼나요? 아래 사진에서 파란색 옷을 입은 아이 있잖아요. 제 어릴 적 모습입니다. 저는 서울이 아니라 시골에서 태어났어요. 제가 어릴 적에는 스마트폰, 인터넷 같은 게 없었기 때문에 제 기억 속에는 논과 밭, 산과 들, 이런 풍경으로 가득합니다.

그 옆 사진은 제가 현재 구글에서 쓰고 있는 명함입니다. 두 사진은 한눈에 보기에도 시간적으로 너무 멀어 보이지 않나요? 아주 동떨어져 보이고, 전혀 연관성이 없을 듯해요. 하지만 이 두 가지 사건은 제 삶 속에 모두 존재하며, 두 사건의 시간 차이도 별로 크지 않습니다. 우리가 얼마나 빠르게 변하는 시대를 살고 있는지를 보여주는 하나의 예시라고 생각합니다.

어릴 적 사진과 명함

앞에서 말했듯이, 제가 청소년이었을 때는 구글에 입사하는 게 꿈이 아니었어요. 그때는 구글이 없었으니까요. 아마 많은 학생이 진로에 대해서 많이 고민할 텐데, 어쩌면 대부분은 제 경우와 다르지 않을 거예요. 우리가 열심히 계획을 세워도 계획대로 잘 진행되지 않아요. 속상하고 답답한 느낌이 들 테지만, 미래가 계획대로만 된다면 오히려 재미 없지 않을까요? 어떻게 보면 더 많은 기회가 나를 기다리고 있다는 뜻이잖아요.

다만 굳이 진로 관련해서 한 가지 작은 팁을 드리자면, 제가 기자가 되고 싶어서 대학에서 열심히 학생기자 활동을 했다고 이야기했잖아요. 만약 제가 대학교에 가서 기자가 되기 위한 준비, 즉 학생기자 활동을 열심히 하지 않았다면 어떻게 됐을까요? IT 산업을 취재할 기회도 없었고, 구글을 다른 친구들보다 먼저 알 기회도 없었을 거예요. 그러면 구글에 매력을 느끼고 진로를 바꾸지 못했을 테죠. 저는 진로를 준비하는 가장 좋은 방법은, 지금 하고 싶은 무언가를

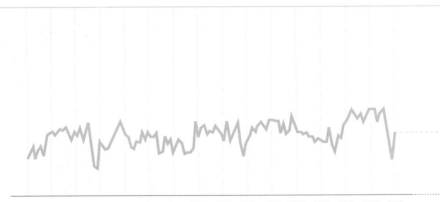

| 2015 7/5 | 2015 9/5 | 2015 11/5 | 2016 1/5 | 2016 3/5 | 2016 5/5 | 2016 7/5 | 2016 9/5 | 2016 11/5 | 2017 1/5 | 2017 3/5 | 2017 5/5 | 2017 7/5 | 2017 9/5 | 2017 11/5 | 2018 1/5 |

열심히 하는 데 있다고 생각합니다.

　주위 사람들이 가끔 저에게, "세상이 얼마나 빨리 변하고 있나요? 얼마나 체감하고 있나요?" 하고 물어봅니다. 물론 저도 잘 모르지만, 간접적으로 데이터를 활용해서 얘기하곤 합니다. 지금 이 순간에도 전 세계 사람들이 구글을 통해 수많은 검색을 하고 있어요. 그런데 오늘 전 세계에서 발생한 모든 검색어를 분석해 보면, 전체 검색어의 15퍼센트는 인류가 처음 찾아본 검색어예요. 그러니까 대부분 검색어는 '뉴스' '날씨' '스포츠' '게임' 같은 분야에서 매일매일 찾아보는 익숙한 단어지만, 15퍼센트는 새롭게 태어난 검색어라는 거죠. 개개인은 얼마나 빨리 변하는지 모르겠지만, 전체 인류는 날마다 15퍼센트씩 새로운 관심을 향해서 움직이고 있다는 뜻입니다. 엄청나게 빠른 변화 속도입니다.

　그러한 변화 속에 살고 있는데 갑자기 코로나가 우리 삶으로 다가왔잖아요.

〔그래프〕 '변화' 키워드 검색 양 변화

| 2018 1/5 | 2018 3/5 | 2018 5/5 | 2018 7/5 | 2018 9/5 | 2018 11/5 | 2019 1/5 | 2019 3/5 | 2019 5/5 | 2019 7/5 | 2019 9/5 | 2019 11/5 | 2020 1/5 | 2020 3/5 | 2020 5/5 |

앞의 그래프는 2015년도부터 최근까지 '변화'라는 단어의 검색 관심도입니다. 자세히 보시면 조금씩 검색 양이 증가하다가, 어느 순간 급증하기 시작합니다. 이때가 언제일까요? 바로 코로나가 발생했던 지점이에요. 코로나라는 새로운 변화가 우리 사회에 닥치니까 많은 사람들이 고민한 거죠. '우리가 마주한 코로나가 과연 어떤 변화를 가져올까?'

아마 여러분도 그런 고민을 많이 했을 것 같은데요. 저랑 같이 실습을 한번 해볼게요. 지금부터 머릿속에 '변화'라는 단어를 떠올린 다음, 연상되는 단어가 무엇인지 떠올려 보세요. 저에게 떠오르는 단어는 바로 '인에비터블inevitable'이라는 단어입니다. '피할 수 없는'이라는 뜻이죠. 우리 사회는 늘 변화해 왔어요. 속도가 빠르건 느리건, 방향이 좋은 쪽이건 안 좋은 쪽이건 변화할 수밖에 없어요. '변화는 피할 수 없다'는 전제를 받아들이면 우리의 삶은 어떻게 바뀔까요? 변화에 열린 태도를 가지게 되고, 나아가 변화를 주도하는 사람이 될 수도 있지 않을까요?

그러면 코로나에 대한 우리들의 태도도 좀 달라질 것 같아요. 코로나가 급격하게 바꾸어 놓은 환경을 피할 수 없는 것으로 받아들이고, 이 변화를 활용하고 기회로 삼을 만한 방법을 찾아보는 거죠. 우리가 어떻게 앞으로 마주할 디지털 데이터나 인공지능이 가져올 변화도 마찬가지예요. 이 변화를 피할 수 없다면 적극적으로 받아들이고 활용하는 태도를 키워야 한다고 생각합니다.

디지털 트랜스포메이션

●

이 피할 수 없는 변화의 중심에는 디지털 데이터 인공지능이 있습니다. 지금 우리 사회는 디지털 트랜스포메이션Digital Transformation 시대입니다. 트랜스포메이션을 우리말로 어떻게 해석하면 좋을까요? 아무래도 '체질 바꾸기'가 적절한 것 같아요. 그러니까 '데이터나 디지털 기술을 바탕으로 사회의 체질을 개선한다'는 뜻입니다.

이걸 그래프로 간단히 표현해 보면, 가로축은 세상이 디지털화되는 정도를 나타내고, 세로축은 복잡성을 나타냅니다. 우리 사회는 시간이 지날수록 더 복잡해지고 있어요. 여러분이 열심히 공부하고, 기업이 R&D(Research and development, 연구개발)하는 이유는 왜일까요? 점점 복잡해지는 문제를 해결하기 위해서입니다. 복잡한

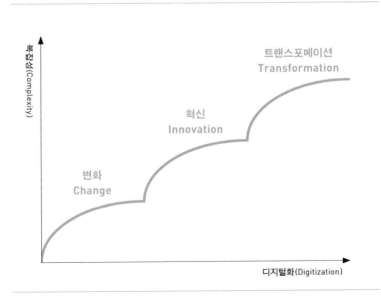

문제를 해결할수록 부가가치는 커집니다. 사회의 복잡성과 디지털화되는 정도에 따라 과거의 어느 시기에는 '변화Change', 그다음 시기에는 '혁신Innovation'이라는 이름으로 불리던 경향이, 이제는 디지털 트랜스포메이션으로 대체된 것입니다.

우리 사회는 얼마나 디지털 트랜스포메이션하고 있을까요? 지난 2016년에 구글의 알파고와 이세돌의 대국이 있었어요. 여러분은 이 대국을 보면서 어떤 생각을 했나요? 아마 많은 사람이, '이세돌 이겨라, 알파고 져라' 이런 생각을 했을 거예요. 인공지능이 왠지 되게 미워 보이고 우리의 삶을 위협할 것 같고 그랬어요.

그런데 불과 몇 년 사이에 사람들의 인식이 크게 바뀌었어요. 인공지능이 우리가 마주한 여러 가지 복잡한 문제를 해결하는 파트너이자 도구라고 생각하는 사람들이 많아졌습니다. 실제로 인공지능과 디지털 기술은 우리 앞에 놓인 어려운 문제들을 해결하고 있어요. 한 가지 예시를 들려줄게요.

전 세계 인구가 80억에 가깝잖아요. 그중에 약 30억 명은 주로 해산물을 통해서 단백질을 섭취한다고 합니다. 그러니 바다에는 늘 물고기를 잡는 배가 분주하게 움직입니다. 그렇지 않아도 물고기를 너무 많이 잡는데, 그중에 어떤 배들은 정해진 양보다 훨씬 많이 잡아들이곤 해요. 사람들이 다 먹지도 못하고 폐기되는데도 마구잡이로 잡아요. 폐기되는 물고기의 90퍼센트는 인간이 욕심을 부려서 너무 많이 잡은 물고기입니다. 불법으로 남획해서 생긴 부당 이익이 연간 25조 정도나 된다고 해요. 25조를 물고기로 환산하면 대체 얼마나 많은 양일까요? 이 불법 어업 행위를 그냥 두면 어떻게 될까요? 누군가는 돈을 많이 벌 수 있겠지만, 그만큼 지구 생태계는 더

이세돌과 알파고의 대국

빨리 파괴되겠죠. 이 문제를 어떻게 해결하면 좋을까요?

이 문제를 민간 차원에서 해결하기 위해 애쓰는 분들이 있어요. '글로벌 피싱 워치'도 그런 활동을 하는 시민단체예요. 글로벌 피싱 워치는 열심히 바다를 돌면서 불법 남획하는 선박을 감시했어요. 정말 의미 있는 일을 하는 고마운 단체지만 큰 효과를 거두기란 쉽지 않았어요. 그 넓은 바다의 수많은 배를 감시한다는 건 거의 불가능하니까요.

하지만 최근에 구글에서는 글로벌 피싱 워치와 힘을 합쳐 이 문제를 해결하고 있어요. 어떻게 창의적으로 해결했을까요? 구글에서는 인공지능(데이터 클라우드 기술)을 이용해서 어떤 배가 출항해서 바다 위에서 어떻게 움직이는지 확인할 수 있어요. 글로벌 피싱 워치는 이 데이터를 기반으로 불법 남획 어선을 감시합니다. 덕분에 글로벌 피싱 워치는 아주 효율적으로 큰 성과를 이루어 냈습니다. 이 협업 사례는 디지털 우리가 어떤 시대를 살고 있는지 잘 보여 줍니다.

이 밖에도 과거에는 쉽사리 해결하지 못하던 문제를 인공지능과 데이터를 활용해서 풀어 낸 사례는 아주 많아요. 앞으로는 더 다양한 분야에서 놀라운 결과를 내올 게 분명하고요.

과거형 인재 vs 미래형 인재

●

저는 디지털 트랜스포메이션 흐름이 본격적으로 시작되었고, 당분간 확장될 거라고 생각해요. 데이터나 디지털이나 인공지능 같은 새로운 도구를 활용해서 우리가 마주한 문제를 이전과는 다른 방식으로 풀고 있는 시대가 열린 겁니다. 어쩌면 여러분이 마주할 미래사회의 모습이 지금 만들어지고 있는 거죠. 이런 미래사회의 모습이 여러분의 진로에 어떻게 영향을 줄까요?

예전에는 어떤 학생이, "저는 세상을 더 아름답게 만드는 시민단체에서 일하고 싶어요" 하고 얘기하면 아마 대다수 선생님은 사회복지학과를 가라고 추천했을 거예요. 찰떡같이 딱 들어맞지 않나요? 시민단체와 사회복지학과.

저는 이 진로가 나쁘다고 생각하지 않아요. 하지만 현대에는 그런 꿈을 가진 학생이 꼭 그 진로를 선택할 필요는 없습니다. 만약 여러분 중에 누군가가 이런 꿈을 가지고 있다면 저는 이렇게 조언해 주겠습니다. "세상을 바꾸는 데 기여하는 시민단체에서 일하고 싶다면 공과대에 가서 기술이나 데이터를 전공해 보면 어떨까요? 새로운 도구를 쓸 줄 아는 사람이 시민단체에서 일하면, 그 시민단체가 풀고 싶었던 문제를 이전과는 다른 방식으로 더 잘 풀 수 있는 시대니까요."

이처럼 미래사회는 이미 여러분의 진로와 직업에도 많은 영향을 주고 있어요. 저는 구글에서 면접 보는 일도 하고 있는데요. 면접 볼때 저는, 이분이 경쟁을 잘하는 인재일까, 아니면 진짜가 되기 위해서 노력하는 인재일까를 주의 깊게 관찰해요. 너무 추상적인가요? 좀 더 구체적으로 설명하면, 경쟁을 잘하는 인재는 자기가 그동안 얼마나 경쟁을 잘해 왔는지 열심히 이야기해요. 수많은 경쟁에서 승리한 전리품을 내보이면서 자기의 능력을 자랑하는 거죠. 이에 비해 진짜가 되기 위해 노력하는 인재는 지금 시대에 어떤 역량이 필요한지, 자신이 그런 역량을 키우기 위해서 어떤 준비를 했는지,

그래서 지금 어떤 문제를 풀 수 있는지 이야기해요. 즉 경쟁을 통해서 높은 점수를 따고 일등을 했다는 사실을 내세우지 않고, 그 대신 자신이 얼마나 회사에 필요한 역량을 갖췄는지를 보여주는 거죠.

이 두 가지 유형을 과거형 인재와 미래형 인재로 나눠 봤는데요. 어쩌면 저도 과거형 인재 범주에서 벗어나지 못한 학생이었습니다. 저도 청소년 시기에는 과거형 인재가 최고라고 생각하면서 그 안에 머물렀어요. 요즘도 여러분 주위에서 과거형 인재가 더 인정받고 있나요? 저는 여러분이 과거형 인재에서 미래형 인재로 바뀌었으면 좋겠습니다. 미래형 인재의 철학과 가치관을 가지기 바랍니다.

예를 들어서 예전에는 어떤 현상을 정확하게 보고 많이 배우고 문제를 잘 해결하고 경쟁에서 이겨야 성공한다고 생각했어요. 하지만

〔표〕 과거형 인재와 미래형 인재

과거		미래
바르게 보다	➡	다르게 보다
배우다	➡	(재)정의하다
문제 해결하다	➡	문제 제시하다
경쟁하다	➡	협업하다
성공하다	➡	성공시키다

미래에 필요한 인재의 모습은 달라졌어요. 바르게 보는 것도 중요하지만, 다르게 보는 능력도 중요하고요. 많이 배우는 것도 중요하지만, 이제 그보다는 지식을 어떻게 재구성하고 적재적소에 이용할지가 중요해졌어요. 지식이나 정보는 인터넷을 검색하면 누구나 접근할 수 있으니까요. 또 배우는 것도 중요하지만, 이제는 창조하는게 진짜 공부인 거 같아요. 문제를 잘 해결하는 능력도 중요하지만, 앞으로는 무엇이 정말 가치 있는 문제인지 발제하고 제시하는 능력이 아주 중요합니다. 경쟁을 잘하는 것도 중요하지만, 미래사회에는 협업하는 능력이 더 가치를 인정받을 거예요. 자신의 성공을 위한 노력도 의미 있겠지만, '나는 누구를 성공시킬까?' '어떻게 사회의 변화를 이끌어 낼까?' 이런 고민을 하는 인재가 필요합니다.

여러분은 지금 과거형 인재와 미래형 인재 중에 어디에 속해 있나요? 미래형 인재로 변화하고 싶은데, 그러면 치열한 경쟁 사회에서 살아남을 수 없을까 봐 걱정인가요? 만약 그렇다면 여러분 앞에 놓인 더 많은 기회를 스스로 가로막는 셈이에요. 정말로 미래사회의 주인공으로 나서고 싶다면 미래형 인재로 한 발짝 옮겨 가 보기를 바랍니다.

전 세계 관객을 대상으로
무대를 준비하자

●

제가 대학에 입학했을 때 마침 글로벌 인재 열풍이 불었어요. 그래서 많은 학생이 토익 시험을 봤고, 또 교환학생이나 워킹홀리데

이를 다녀왔어요. 외국어를 잘하면 글로벌 인재가 되는 데 많은 도움이 된다고 생각했거든요. 지금도 마찬가지인 것 같아요. 제가 학생들에게, '글로벌 인재가 되기 위해서 무엇이 중요한가요?' 하고 질문하면 대부분은 영어나 외국어를 잘해야 한다고 대답하거든요. 그것도 맞는 이야기라고 생각해요.

하지만 저는 거기에 하나 더 붙이고 싶어요. 우리에게 필요한 글로벌 인재의 조건은 우리나라 5000만 국민이 아니라 전 세계인을 대상으로 사고하고 행동하는 능력이라고 생각합니다. 전 세계인을 대상으로 미래를 고민하고 설계한다면 글로벌 인재가 될 확률이 더 높지 않을까요? 지금 시대는 얼마든지 이런 큰 그림을 그릴 수 있어요. 예를 들어볼게요.

여기 옆에 하늘색과 붉은색 두 가지 색깔이 칠해진 세계 지도가 있어요. 어떤 키워드를 검색한 수치를 나타낸 것입니다. 지도를 자세히 보면 인터넷 사용 인구가 별로 없는 아프리카나, 사람들이 거의 살지 않는 극지방을 제외하고, 거의 전 세계에서 두 가지 색깔이 고루 나타나고 있습니다. 파란색과 붉은색이 나타내는 검색어는 과연 무엇일까요?

파란색은 'Korea'고, 붉은색은 'BTS'입니다. 지금 전 세계 사람들이 구글에서 한국에 대해서 찾아보고 있고, 우리나라 아티스트와 문화에 열광하고 있습니다. 제가 학생이었을 때는 외국인을 만나면 한국이 어떤 나라인지 설명하는 데 많은 시간을 들여야 했어요. 하지만 지금은 한국과 BTS를 모르는 세계인이 거의 없습니다.

여기에 더해서 우리는 인터넷을 통해서 언제나 전 세계와 연결할 수 있는 시대를 살고 있죠. 전 세계에서 가장 인구가 많은 나라가 어

KOREA

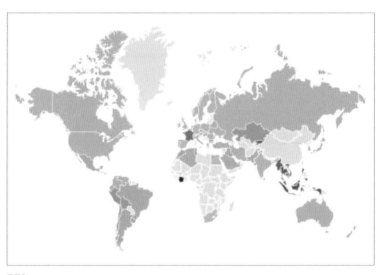

BTS

디일까요? 중국? 인도? 맞아요. 물리적으로는 중국이나 인도가 인구가 가장 많은 나라입니다. 그런데 저는 세상에서 인구가 가장 많은 나라는 페이스북·유튜브·인스타그램이라고 생각해요. 여러분이 오늘 스마트폰에서 유튜브 앱을 여는 순간 매월 20억 명 넘게 살아가는 커뮤니티의 시민이 되는 거잖아요. 과거에는 누군가와 관계를 맺고 연결하는 데 수많은 시간과 비용과 노력이 들었는데, 지금은 여러분 손안의 스마트폰을 켜서 터치 한 번으로 전 세계 어디라도 갈 수 있어요.

세계인이 한국에 대해 많은 관심을 보이고 있고, 언제라도 마음만 먹으면 전 세계와 연결할 수 있으니, 지금 여러분은 우리나라 역사상 글로벌 인재로 성장하기에 가장 좋은 시대를 살고 있는 셈이에요. 따라서 전 세계인을 대상으로 생각하고 행동하는 게 그리 어렵지 않아요. 더 나아가 그 결과물이 가져다줄 기회는 여러분의 상상을 넘어설지도 몰라요.

저도 여러분만큼 유튜브에 관심이 많고 즐겨 보는데요. 유튜브 크리에이터 한 분을 만나 볼까요?

이분은 슬로모션 비디오를 찍어서 유튜브에 올려요. 과연 이 채널의 구독자가 얼마나 될까요? 유튜브에는 재밌는 게 정말 많아요. BTS 영상도 있고, 메시 드리블 탑텐 영상도 있고, 신기하고 놀라운 영상이 넘쳐나는데 이게 경쟁력이 있을까 싶죠?

놀라지 마세요. 이 유튜브 채널 구독자가 약 1400만 명이에요. 이게 무엇을 의미할까요? 우리나라 5000만 명 중에는 슬로모션 영상을 구독하는 사람이 몇 명 없을지 모르지만, 전 세계 인구 중에는 슬로모션 영상을 좋아하는 사람이 1400만 명이나 있다는 뜻입니다.

The Slow Mo Guys ⊘

구독자 1440만명

구독

홈   동영상   재생목록   커뮤니티   채널   정보

업로드한 동영상   정렬 기준

Giant Balloon Sandwich in
Slow Motion - The Slow Mo...
조회수 109만회 · 7일 전

Inside a Liquid Mirror Vortex
in Slow Mo - The Slow Mo...
조회수 119만회 · 1개월 전

1 MILLION FPS - The Slow
Mo Guys
조회수 1176만회 · 1개월 전

Bullet vs Newton's Cradle at
100,000 FPS - The Slow Mo...
조회수 621만회 · 3개월 전

Popping a Bubble from Inside
at 50,000FPS - The Slow M...
조회수 164만회 · 3개월 전

Blowing up Capacitors at
187,000FPS
조회수 207만회 · 4개월 전

Diving into a Moving Swim
Cap at 1000FPS - The Slow...
조회수 113만회 · 5개월 전

Arcade Machines look WEIRD
in Slow Mo - The Slow Mo...
조회수 109만회 · 6개월 전

Slow Mo Rainbow Fire
Tornado - The Slow Mo Guys
조회수 91만회 · 7개월 전

1500rpm Slow Motion Paint
Flinger - The Slow Mo Guys
조회수 101만회 · 9개월 전

What if Every Second Lasted
an Hour? - The Slow Mo Guys
조회수 433만회 · 10개월 전

Shattering a Wine Glass with
Sound at 187,500FPS - The...
조회수 148만회 · 11개월 전

유튜브 채널 THE SLOW MO GUYS

전 세계인을 대상으로 생각하면 여러분이 가진 아주 작은 다양성이
의미 있는 크기의 커뮤니티가 되고 그 안에서 새로운 진로나 직업
이 생겨날 수 있습니다. 물론 경제적인 보상도 훨씬 커지겠죠. 여러
분이 5000만을 넘어서 전 세계인을 대상으로 무대를 꾸며서 멋지게
활동할 날을 기대하겠습니다.

테크놀로지는
상상력의 엔진이다

●

창의력을 어떻게 키울 수 있을까요? 정해진 공식도 없고 정답도 없지만 다양한 방법은 존재하는 것 같아요. 그중에서 저는 기술에 대한 교양이 창의력을 확대하는 데 아주 중요하다는 점을 이야기하고 싶어요. 사실 저는 이 말이 처음에는 되게 낯설었어요. 왜냐하면 테크놀로지는 이과, 창의력은 문과 느낌이잖아요. 서로 동떨어진 것 같았어요.

하지만 지금은 그게 얼마나 낡은 생각이었는지 반성한답니다. 예를 들어볼게요. 프랑스 몽블랑을 찍은 사진이 있습니다. 풍경이 참 멋있는데 이 원본 사진의 실제 용량이 얼마나 될까요? 무려 350기가가 넘어요. 어지간한 컴퓨터에 저장되지 않을 정도로 용량이 커요. 스마트폰으로 찍은 사진은 보통 용량이 3~5메가 정도예요. 손가락으로 몇 번 확대하면 사진이 깨져서 흐릿해지고 잘 안 보이잖아요. 그런데 350기가 사진은 몽블랑을 오르고 있는 사람들의 모자와 등산화까지 확대해서 볼 수 있어요. 그렇게 확대해도 사진이 깨지지 않고 선명해요.

여러분은 이런 350기가 용량의 사진을 찍는 기술이 있다는 사실을 알게 되면서 어떤 생각이 떠오르나요? '저 사진 기술로 내가 사는 동네를 전부 담으면서도 내 손바닥 안에 써 놓은 글자를 보여 준다면 재미있지 않을까?' '몇 장의 사진만으로 단편영화를 한 편 만들 수도 있겠는데?' 여러분이 어떤 생각을 떠올리건, 350기가 용량의 사진을 보기 전과 비교해 보면 생각의 폭이 확실히 달라졌을 거예요. 테크놀로지가 여러분의 상상력과 창의력을 한 단계 높여 준 순간입니다.

그래서 말인데요, 저는 여러분이 한 가지 습관을 들였으면 좋겠어요. 유튜브를 꽤 많이 볼 텐데, '하루 한 가지 기술 보기'를 해보면 어떨까요? 유튜브에 들어가서 '새로운 기술' 검색어를 입력하고, 하루에 하나 정도만 새로운 기술 관련 영상을 보는 거예요. 보기에 어렵거나 지루하지 않고 재미있을 거예요. 보다 보면 어느 순간 여러분의 기술적 교양이 되고, 나중에 창의력을 발휘해야 할 순간에 그 기술을 활용할 수 있겠죠? 어쩌면 새로운 기술을 발명할 아이디어를 얻을 수도 있고요. 하루에 5분이면 충분합니다.

앞서 지식을 많이 배우는 것도 중요하지만, 새롭게 창조하고 재정의하는 것이 정말 중요한 시대가 되었다고 말했잖아요. 창조 또는 재정의하는 능력이 대체 어떤 걸까요? 별로 어렵지 않아요. 제가 얼마 전에 초등학생들에게 강의를 한 적이 있어요. 초등학생들에게 창의력에 대해 강의하고 나서 숙제를 냈어요. "숫자나 수학식을 활용해서 가족관계를 설명해 보세요." 그랬더니 어떤 학생이, '4 = 0'이라고 썼어요. 그래서 제가 물어봤어요. "왜 4 = 0이에요?" 그랬더니 이 학생이, "저희 가족은 저 빼고 4명인데요. 제 편은 한 명도 없어요. 그래서 가족은 4명이지만 0이나 마찬가지예요" 이랬어요. 어때요, 매력적이지 않나요? 이 초등학생은 수학식을 자기만의 방식으로 창조하고 재정의했어요.

한 가지 사례를 더 들려줄까요? 또 한 번은 중학생들에게 마찬가지로 창의력에 대해 강의하고 나서 숙제를 냈어요. "본인의 좌우명, 나는 어떻게 살고 싶은지를 수학으로 표현해 보세요." 그랬

중학생 발표 사례

더니 어떤 중학생이 이렇게 발표했어요. "'$a^2+b^2=a^2+b^2$'이고, '$(a+b)^2=a^2+b^2+2ab$'입니다. 여기에서 'a'가 나고, 'b'가 타인이고, '제곱'은 성공을 뜻합니다. 앞의 공식처럼 나의 성공과 타인의 성공이 따로따로 일어나면 나와 타인은 따로따로 성공하지만, 뒤의 공식처럼 나와 타인이 함께 성공하면 우리는 '$2ab$'라는 추가 성공을 얻을 수 있습니다. 그래서 저는 '$(a+b)^2=a^2+b^2+2ab$'처럼 살고 싶습니다."

정말 놀랍죠? 이 학생들의 수학식이 오늘 강의의 요약인 것 같아요. 지식의 가치는 얼마나 많이 알고 있느냐가 아니라, 그걸 어떻게 활용하느냐에 따라 결정됩니다. 기술과 사람, 인공지능과 사람, 사람과 사람이 서로 대립하는 관계가 아니라 함께 협업할 때 더 많은 가치를 만들 수 있습니다. 서로 경쟁에 집중하기보다는 서로 돕고 부족한 부분을 채워 줄 때 더 많은 가치를 만들 수 있습니다. 미래형 인재가 된다는 것은 '$(a+b)^2=a^2+b^2+2ab$'라는 공식을 우리 삶에 잘 적용하는 게 아닐까 생각합니다.

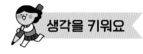
생각을 키워요

Q. 01
김태원 전무님은 검색창에서 주로 어떤 키워드를 검색하나요?

여러분이 구글·유튜브·네이버 등에서 검색을 많이 할 텐데요. 어떤 검색어를 입력하는 행위는 내가 만나는 세상을 정의하는 것과 마찬가지입니다.

저는 인공지능이나 데이터 같은 분야에 관심이 많아서 자주 검색합니다. 또 요즘에 예술 분야에 관심이 부쩍 많아졌어요. 예술은 인간의 영감이나 창조성과 깊이 연관된 부분이잖아요. 그런데 예술 영역에서 데이터나 테크놀로지를 예술 표현의 도구와 소재로 활용하는 예술가들이 많아졌어요. 예전에 미디어아트 장르가 있었는데, 최근에는 훨씬 다양하고 신선하게 발전했더라고요. 그런 예술 경향을 보는 게 재미있습니다. 머리도 덜 아프고.

여러분도 이런 방식으로 검색어 영역을 넓혀가 보면 어떨까요? 예를 들어 앞에서 '새로운 기술'을 검색해 보라고 부탁했는데, 본인이 관심 있는 분야가 있다면 그 분야와 새로운 기술을 조합에서 검색해 봐도 재미있을 것 같아요.

Q. 02

제가 지금 고등학생인데요. 그동안 학교와 학원 말고는 다양한 경험치를 많이 쌓지 못했어요. 그래서 대학생이 되었을 때 제가 선택할 수 있는 폭이 좁아질까 봐 조금 불안해요. 늦게라도 제가 하고 싶은 경험을 많이 쌓으면 인생이 행복해질까요?

아주 심오한 질문이네요. 저도 고민인데요, 다양한 경험은 나이와 조건에 상관없이 언제라도 하는 게 좋아요. 다만 돌이켜보면 이런 생각은 들어요. 어느 시기, 어느 나이대를 놓치면 다시는 경험하지 못하는 게 있더라고요. 초등학생 때, 중학생 때, 고등학생 때, 대학생 때, 그걸 못하고 넘어가면 나중에 많이 후회하게 됩니다. 아쉽죠. 저처럼 나중에 후회하지 말고 여러분 세대가 할 수 있는 경험치는 꼭 해보기 바랍니다.

Q. 03

전무님은 인생의 슬럼프가 왔을 때 어떻게 이겨내고 극복했는지 궁금합니다. 혹시 어려운 시기에 기댈 만한 멘토나 모토 같은 게 따로 있나요?

저도 그냥 평범한 사람이에요. 슬럼프가 오면 아주 힘들어하고 괴로워해요. 저도 크게 다르지 않아요. 여러분과 마찬가지예요. 이럴 때 뭔가 저를 다시 일으켜 세우는 힘이 있어야 하잖아요. 별로 특별하지 않지만, 저는 자기 암시를 많이 해요. '이 고비를 잘 극복하면 이런저런 좋은 일들이 기다리겠지' 이런 식으로요.
슬럼프라는 게 지금 이 순간의 힘겨움이잖아요. 이걸 5년 10년 길게 보면 오히려 좋은 기회인 경우도 많거든요. 예를 들면 회사에서 제가 원하지 않던 업무를 맡아야 했는데, 그때 아주 속상했어요. '나는 지금 이걸 더 잘하는데 왜 회사는 저걸 하라고 요청했을까?' 하면서요. 그런데 돌이켜보니까, 그 업무가 제가 성장하는 데 큰 도움이 됐더라고요.

저는 특별한 멘토는 없고, 힘들 때 예전에 책에서 봤던 내용을 가끔 떠올리고는 합니다. 우리는 살면서 두 질문을 해야 한다고 합니다. 첫째, 나는 어떻게 살고 싶은가? 둘째, 나는 누구에게 사랑받고 싶은가? 이 두 질문을 떠올리면 내 앞의 문제를 해결할 단서들이 조금씩 보이는 것 같아요.

Q. 04

미래의 인재상은 창의적이고 문제 해결 능력이 있는 인재라고 하셨는데, 구글에서는 직원을 채용할 때 그 외에도 필수적으로 보는 역량이 있을까요?

현실적인 고민이 담겨 있는 질문 같아요. 물론 어떤 지식이 많거나 공부를 많이 하면 나중에 사회에서 할 수 있는 일들이 많겠죠. 그런데 공부는 여러 분야가 있으니까, 그걸 '공부'라는 표현보다는 '사고력'이라고 표현해 보고 싶어요.

회사에서 새로운 인재를 뽑을 때 저는 사고력 분야도 주의 깊게 살펴봤어요. 왜냐하면 다른 동료랑 일하면서 제가 스스로 아쉬웠던 짐이 사고력이었거든요. 사고력에는 단거리 사고력과 장거리 사고력이 있어요. 어떤 문제는 짧은 시간 안에 순발력을 발휘해서 풀어야 하고, 어떤 문제는 인내심을 갖고 1~2년 고민해야 하거든요.

사실 어려운 문제는 대부분 지적 지구력이 필요한 경우가 많습니다. 그런데 저는 한국식 교육을 받아서 그랬는지 단기적 사고력에 익숙했어요. 우리 교육은 특정 시간 안에 최대한 빨리 문제를 해결하는 학생을 기르는 데 익숙합니다. 그래서 정말 오랜 시간을 투자해서 고민해야 할 문제를 마주했을 때 쉽게 지치고 포기해 버려요. 단기적 숙제만 계속 수행하다 보니, 나중에 6개월짜리 1년짜리 연구 과제가 맡겨지면 차일피일 미루다가 벼락치기를 하더라고요. 왜냐하면 길게 계획을 짜서 실행하는 훈련이 되어 있지 않기 때문이에요.

좋은 인재는 단거리 사고력과 장거리 사고력을 균형감 있게 갖추고 있어야 해요. 순발력을 발휘해야 할 단기적인 사고도 잘하고, 인내력이 필요한 장기적인 사고도 잘하는 균형을 키울 필요가 있습니다. 그래서 선생님들께도 기회가 있을 때마다 제가 그런 부탁을 해요. "하루짜리 일주일짜리 숙제 말고, 6개월짜리 1년짜리 숙제를 내주세요." 그러니 여러분도 장거리 사고력을 꼭 길렀으면 좋겠습니다.

Q. 05

당장 3∼5년 정도 가까운 미래에는 어떤 사람이 세상에 필요할까요?

한 10년 전만 하더라도 제가, "우리는 어떤 시대를 준비해야 합니까?" 하고 질문하면, 사람들은 백세 시대를 준비해야 한다고 말했어요. 의료 수준이 높아지고 수명이 연장되면서 우리 사회가 고령화 시대로 진입했던 시기였거든요. 그런데 만약에 지금 여러분이 저에게, "우리가 어떤 시대를 준비해야 합니까?" 하고 질문한다면 저는, "시간을 돌려받는 시대를 준비해야 한다"고 대답하겠습니다.

그러니까 예전에는 1년 걸리던 일을 한 시간 만에 해결하고, 열흘 걸리던 일을 10분 만에 해결할 수 있는 시대가 되었거든요. 우리 인간 입장에서는 과거에 어떤 일에 쏟았던 시간을 이제 돌려받는 셈이에요. 돌려받은 시간을 어디에 쓰면 좋을까요? 저는 적어도 엔터테인먼트 산업은 더 많이 발전할 것 같아요. 만약에 일주일에 열 시간을 돌려받는다면 아무것도 안 하고 눈만 감고 있을 수 없잖아요. 최소한 심심하게 지내고 싶지는 않잖아요. 그럼 그 공간을 채우는 게 무엇일까? 그게 예술과 엔터테인먼트 콘텐츠가 아닐까 생각합니다. 이미 그런 시대가 오고 있고, 앞으로 3~5년이 지나면 속도가 더 빨라질 것 같아요. 그래서 시간을 돌려받는 시대를 준비하면 좋겠습니다.

Q. 06
구글에 입사하려면 영어를 잘해야 하나요?

구글은 글로벌 기업이기 때문에 영어가 공용어로 쓰일 때가 많습니다. 한국 사람들끼리 있을 때는 한국말로 하지만, 단 한 명이라도 외국인이 있으면 영어로 얘기해야 합니다. 이처럼 영어로 대화하는 경우가 많아서 당연히 영어를 잘하면 좋아요.

저마다 원하는 직무에 따라서 난이도는 다르겠지만, 기본적으로 영어는 잘하면 좋다고 생각해요. 사실 영어를 잘한다는 것은, 다른 말로 표현하면, 그 사람의 삶의 자유의 양이 늘어나는 거거든요. 여러분이 외국어를 열심히 배운 만큼, 나중에 세계인과 소통하며 자유로운 삶을 살 수 있는 기회가 많아질 거라고 생각해요.

마지막으로 조금 더 실질적인 조언을 하자면, 제가 느끼기에 우리나라 영어 교육은 발음을 아주 중요하게 생각해요. 저도 별로 발음이 좋지 않다고 생각해서 처음에 사람들과 대화할 때는 아주 신경 쓰였어요. 그런데 회의에 들어가면 여러 나라 사람들이 참석해요. 일본·중국·인도 등 여러 나라 사람들이 말하면 전부 다 액센트가 달라요. 그걸 들으면서 저는 심리적 안정감을 얻었어요. 중요한 것은 발음이 아니라, 내가 표현하고자 하는 단어·메시지·컨텍스트를 제대로 전달했는지예요. 물론 발음을 잘하면 좋겠지만 그러지 않아도 상대방이 어느 정도 이해해 줍니다. 영어가 모국어가 아니니까 액센트와 발음이 차이가 날 수밖에 없다는 걸 인정하는 거죠. 그러니 발음 스트레스에서 조금 더 자유로워도 괜찮을 것 같아요.

Q. 07

미래에 필요한 인재가 되기 위해서는 미래에 다가올 흐름을 읽고 행동하는 게 중요하다고 생각하는데 그 흐름을 어떻게 하면 잘 읽을 수 있을까요?

미래가 어떻게 변할지를 정확히 예측할 수 있는 사람은 없겠죠. 다만 요즘에는 미래의 가장 가까운 곳에서 살아가는 사람·단체·기업들이 많아요. 그런 분들이 어떤 이야기를 하는지 지속적으로 관심을 가지는 게 중요합니다. 요즘은 환경이 참 잘 갖추어져 있어요. 내가 필요로 하는 정보는 대부분 인터넷에 올라와 있잖아요. 그러니까 미래의 흐름을 얼마나 잘 예측하느냐는 내가 얼마나 다양하고 적절하게 검색어를 입력했느냐에 달렸어요. 또 거기에 얼마나 많은 시간과 노력을 투자했느냐도 중요해요. 이처럼 깊고 넓고 빠르게 변화하는 세상의 흐름을 따라잡으려면 그만큼 정성을 쏟는 게 당연하겠죠?

창의적 사고,
행복한 미래,
나눔의 삶

김하종

행복이란 매일 새롭게 시작하는 영혼의 여정이다.
매일 한 걸음씩 걸어야 한다.
어떤 때는 어렵게 올라가고 고통스럽고,
어떤 때는 천천히 걸으면서 반성해야 한다.
그리고 매일 노력해야 한다.
그리고 행복이란, 이 순간이
가장 아름다운 순간이라고 생각하는 것이다.

PROFILE

김하종

이탈리아에서 태어났다. 현재는 우리나라에서 '사회복지법인 안나의 집' 대표로 일하면서 가톨릭 신부이기도 하다. 2015년에 한국 국적을 취득했다. 1987년에 사제 서품을 받았으며, 우리나라 최초의 신부인 김대건 신부에게 큰 감명을 받았다. 제25회 만해대상 실천대상, 2014년 호암상, 2019 국민훈장 동백상, 제12회 포니정 혁신상을 수상했다. 노숙인을 위한 무료급식소와 자활시설은 물론, 가정 해체 또는 경제적 위기에 놓인 위기 청소년들을 보호하는 청소년 쉼터와 공동생활가정 및 청소년 자립지원 센터를 운영하고 있다.

난독증 소년의 꿈

●

　반갑습니다. 안나의 집 대표 김하종 신부입니다. 초대해 주셔서 감사드리고 여러분 만날 수 있기 때문에 행복합니다. 고맙습니다.

　행복의 비밀은 나눔에 있습니다. 주는 것이 받는 것보다 훨씬 행복합니다. 사실은 요즘 행복과 즐거움에 대해 이야기하는 것 조금 어색합니다. 왜냐하면 코로나 때문에 모두 불행하고 힘들고 고생하고 있기 때문입니다. 그러나 저는 여전히 행복하다고 느낍니다. 해 뜨기 전 새벽에는 어둡고 춥습니다. 그러나 해가 뜨면 밝고 따뜻합니다. 우리는 바로 그런 시기 지내고 있습니다. 코로나 때문에 잠깐 어둡고 춥지만 지금 지나면 아름다운 시기 시작된다고 믿습니다.

　잠깐 제 체험을 나누고 싶습니다. 저는 이탈리아 평범한 가정에서 태어났습니다. 아버지는 농부이고 어머니는 주부입니다. 동생 두 명이 있습니다. 학생이었을 때 정말 알프스에 등산 열심히 다녔습니다. 베스파 바이크 있어서 재밌게 돌아다니고, 자전거 좋아하기 때문에 즐겁게 탔습니다. 사실은 오늘도 아침 5시에 일어나서 50킬로미터를 달려 여기 왔습니다. 참 좋습니다. 학생 때는 봉사 생활 시작했습니다. 고아원·양로원·교도소에 다니면서 열심히 봉사했고, 좀 더 커서는 1년 동안 아프리카 세네갈에서 봉사했습니다.

　저는 난독증 장애를 가지고 있습니다. 난독증 아시죠? 읽기·쓰기·외우기가 어려운 학습 장애입니다. 어렵습니다. 난독증 때문에 고통 많이 겪고 갈등이 많습니다. 하지만 늘 마음에 담고 있던 중요한 단어 세 가지 있습니다. 즐거움, 봉사, 고통.

　그 당시에 앞으로 제 삶에 대해 많이 고민했습니다. 아프리카에서

이탈리아 양로원 봉사 활동

세네갈 봉사 활동

배가 고파서 죽는 애들 굉장히 많이 있었습니다. 남아메리카에서 전쟁 많이 있어서 사람들이 힘들어했습니다. 이런 시대에 나는 무엇을 할까? 어떻게 살아야 할까? 고민하다가 생각이 두 가지 들었습니다. 변호사 되면 어려운 사람, 약한 사람 도와줄 수 있다. 의사 되면 아픈 사람 고칠 수 있다. 두 가지 길 사이에서 갈등이 많이 있었습니다.

그러다가 생일날 여자친구가 저한테 책 하나를 선물로 주었습니다. 타고르의 책이었습니다. 처음에 누구인지 몰랐습니다. 친구 선물로 받았기 때문에 당연하게 읽었습니다. 너무너무 좋았어요. 타고르는 인도 시인으로 노벨 문학상을 탔습니다. 나는 타고르 책을 다 읽어 봤습니다. 호기심 있어서 타고르 공부하면서 간디를 알게 됐고, 간디를 공부하면서 부처님 알게 됐고, 부처님 공부하면서 공자님을 알게 됐고, 아시아에 대한 관심 생겨서 마지막으로 김대건 신부님 알게 됐습니다. I fallen in love with Asia.

여러분이 아는 것처럼 김대건 신부님 대한민국 첫 번째 사제입니다. 너무 훌륭한 분이었습니다. 그렇다면 김대건 신부님께서 계셨던 데 살고 싶다, 한국으로 가고 싶다, 이렇게 결정을 했습니다. 아름다운 꿈이 있었습니다. 공부 끝난 다음에 한국 가서 거기서 살고 싶다. 이렇게 생각하면서 마음속에 예수님 사랑 많이 느꼈습니다. 예수님 좋은 분입니다. 그분 가르침 참 아름다운 가르침입니다. 저는 사제 되고 한국 가서 어려운 사람들을 위해서 살면서 봉사하겠다고 결심했습니다. 1987년에 사제 서품 받았습니다.

1990년 5월 12일에 한국에 도착했습니다. 그날을 지금도 기억하고 있습니다. 생생하게 기억하고 있습니다. 비행기 내려서 첫 번째

세네갈 봉사 활동

걸음……. 깊이 숨을 쉬면서 이 땅 내 땅이다. 이 민족 내 민족이다. 이렇게 한국 생활 시작했습니다. 일주일 후에 이름 바꿨습니다. 김하종. 아까 말씀 드렸듯이 저는 김대건 신부님 존경하고 사랑하기 때문에 같은 김 씨 되고 싶었습니다. 저는 김대건 김 씨입니다.

또 일주일 후에 병원 가서 장기기증 했습니다. 죽을 때까지 봉사하면서 한국에 살고 싶다 그런 마음으로 했습니다. 또 헌혈도 많이 했습니다. 대한민국 사람 중에서 제 피 가지고 있는 사람 굉장히 많습니다. 제 형제자매 많이 있습니다.

귀화도 했습니다. 저도 한국 사람입니다. 믿지 않습니까? 대한민국 여권 있습니다. 한국 사람이지만, 이탈리아에서 태어났기 때문에 한국말 아직까지 어색합니다. 이해해 주세요. 저는 조금 더 노력하겠습니다. 잘 부탁합니다.

오늘 여러분하고 나누고 싶은 메시지는 세 가지 있습니다. What is beautiful life, What is happiness, Happy person make a better world, 이 세 가지 이야기를 여러분과 나누고 싶습니다.

What Is Beautiful Life

●

어려운 사람들을 위해서 봉사하고 싶어서 알아봤습니다. 그 당시 여러 사람이 저한테 경기도 성남시에 어려운 사람이 많다고 했습니다. 1992년 성남으로 이사 갔는데 정말 그랬습니다. 1993년에 독거 노인들을 위해서 점심 급식소를 시작했습니다.

그때 앞치마를 처음 입었고, 오늘도 안나의 집 가서 앞치마 입고 봉사하겠습니다. 어떤 일도 할 수 있습니다. 주방 도움이 필요하면 주방에서 일하고, 화장실 청소 필요하면 화장실 청소합니다. 사랑, 열정으로 시삭하기 때문에 즐겁게 했습니다.

또 우리 동네 어려운 학생들 있었는데 돈 없어서 학원 다니지 못했습니다. 그 친구들을 위해서 1994년 공부방을 시작했습니다. 오전에 독거노인들 위해서 급식소 봉사하고, 오후에 학생들 위해서 공부방 운영했습니다. 참 좋았습니다.

1998년에, 여러분 아마 이야기를 들었을 텐데, 한국이 경제적으로 아주 힘들었습니다. IMF외환 위기시기가 됐습니다. 그 당시에 독거 노인과 학생 보면서 좀 다른 생각 들었습니다. IMF 때문에 실직자, 노숙자 많아서 다른 방법으로 급식소를 하겠다고 결심했습니다.

1998년에 안나의 집 오래된 건물에서 시작했습니다. 열정과 사랑

화장실 청소   식당 청소

으로 시작했습니다. 지금은 아주 아름다운 건물입니다. 안나의 집
일층에 급식소가 있는데 하루 500~550명 정도 식사합니다. 이층
에서는 여러 가지 프로그램이 진행됩니다. 월요일은 법률 상담, 화
요일은 내과·치과·정신과 진료소, 수요일은 알코올 치료 교육, 목요
일은 실업 상담, 금요일은 인문학 교육. 우리 어른들도 학교에 다니
고 있습니다. 삼층에 노숙인 쉼터 있고 30명이 거기서 살고 있습니
다. 사층에는 공장이 있습니다.

　자고 먹고 일하고 다시 새로운 생활 시작할 수 있도록 노력하고
있습니다. 식사, 이발소, 옷 나누기, 운동, 미술 치료, 음악 치료 다
있습니다. 안나의 집입니다. 아름다운 집입니다. 사실은 안나의 집
요즘 코로나 때문에 건물 안에서 급식소 운영하지 못해서 바깥에서
하고 있습니다. 매일매일 700명께 맛있는 식사 드리고 있습니다.

　안나의 집 노숙인뿐만 아니라 길에 서 있는 아동·청소년을 위해
서 활동하고 있습니다. 청소년을 위해서 아동그룹홈을 운영하고 있
고 단기 쉼터, 중장기 쉼터, 자립지원센터를 운영하고 있습니다. 아

안나의 집 과거(왼쪽)와 현재

름다운 집. 우리 애들 살고 있습니다.

대한민국 노숙인 몇 명인지 모르죠? 10만 명 있습니다. 대한민국 가정 밖 청소년 40만 명이나 됩니다. 학교 밖 청소년은 50만 명입니다. 굉장히 많습니다. 그 친구들 우리가 지켜줘야 하기 때문에 우리는 버스로 저녁 6시부터 밤 12시까지 '아지트아이들을 지켜주는 트럭' 운동하고 있습니다. 참 아름다운 활동입니다.

제 생활은 아름다운 생활입니다. 매일매일 좋은 일, 좋은 분, 많이 만나고 있기 때분입니다. 저도 인간이리서 외로움 느끼고 두려움 느끼고 불안감도 요즘 특별하게 많이 느끼고 있습니다. 또 난독증 때문에 열등감이 있고 자존감도 낮습니다. 사실입니다. 그래도 저는 행복한 사람입니다. 제 생활 행복한 생활입니다. What is beautiful life? 사랑을 실천하고, 열정과 열망을 품고, 항상 세상을 호기심으로 바라보고, 고통을 이겨 내고, 꿈을 꾸고 살면 이것이 아름다운 삶입니다. 이것이 첫 번째 이야기입니다.

아이들의 쉼터가 되어 주는 '아지트'

What Is Happiness

●

어떤 사람들은 행복이란 문제 없는 생활, 갈등이 없는 생활, 항상 건강하게 사는 생활이라고 생각하지만 이런 생활 전혀 없습니다. 어떤 사람들은 스마트폰 있으면 행복할 수 있다고 생각합니다. 어떤 사람들은 돈만 있으면, 좋은 직업 있으면 행복하다고 생각합니다. 그렇지 않습니다. OECD경제협력개발기구 나라 중에서 대한민국 경제 순위 10위지만 행복지수 37위입니다. 불행합니다. 우리나라 돈 많지만, 우리 청소년 중에서 자살하는 아이들 굉장히 많습니다. 무슨 뜻일까요? 우리 청소년들 행복하지 않습니다.

제 생각에 제일 불행한 사람은 수십억대 집을 짓고 높은 담장에 둘러싸여 사는 사람들입니다. 무슨 뜻입니까? 좋은 직업 있다고 행복하지 않습니다. 돈 있고 좋은 직업 있고 집 있고, 그러면 왕좌에 앉은 것처럼 평생 행복하게 살 수 있을까요? 생활은 그렇게 돌아가지 않습니다. 계속해서 변화가 있기 때문입니다. 편한 생활, 재산 불리는 생활, 좋은 직업 있고 걱정 없는 생활은 없습니다. 이런 거 있다고 행복하지 않습니다.

저는 30년 동안 깨달은 것이 있습니다. 행복이란 매일 새롭게 시작하는 영혼의 여정입니다. The inner journey of the soul. 등산처럼 매일 한 걸음씩 걸어야 합니다. 어떤 때는 어렵게 올라가고 고통스럽습니다. 어떤 때는 천천히 걸으면서 반성해야 합니다. 그리고 매일 노력해야 합니다.

다음으로 행복이란 이 순간이 가장 아름다운 순간이라고 생각하는 것입니다. 라틴어로 'Hic et nunc'입니다. '바로 지금 여기'라는

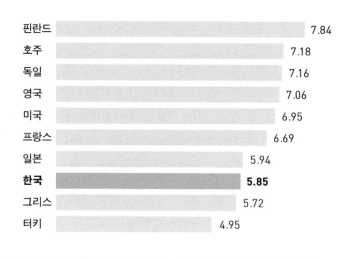

[표] OECD 주요국 행복 지수

국가	지수
핀란드	7.84
호주	7.18
독일	7.16
영국	7.06
미국	6.95
프랑스	6.69
일본	5.94
한국	**5.85**
그리스	5.72
터키	4.95

뜻입니다. 지금 여기에 내 삶이 있습니다. 과거는 지나갔습니다. 미래는 아직 오지 않았습니다. 지금 열심히 해야 합니다. 지금 하면 행복합니다.

또 행복이란 사랑으로 나눔을 실천하는 것입니다. The path of happiness is sharing. 저는 29년 동안 주방에서 일하고 있지만 만족합니다. 어려운 사람들을 위해서 섬기고 살고 있어서 기쁩니다. 설거지도 매일매일 하고 있지만 행복합니다.

그리고 행복이란 고통을 기회처럼 받아들이는 것입니다. 어떤 사람들은 고통은 신의 벌이라고 생각합니다. 그렇지 않습니다. 고통은 하나님이 주신 기회입니다. 요즘 코로나 시기처럼 고통 겪을 때 우리는 변합니다. 속상해하고 힘들어하고 욕을 하면 한 단계 내려가고, 반대로 받아들이고 배우면 한 단계 올라갈 수 있습니다. 고통은 우리 마음 우리 정신 맑게 만들 수 있고 나쁘게 만들 수 있습니다. 좋은 기회입니다. 저한테 난독증은 좋은 기회가 됐습니다.

마지막으로 행복이란 모든 만남이 소중한 은혜라고 감사하는 것입니다. 저는 만나는 한 사람 한 사람 소중한 사람이라고 생각합니다. 저는 매일매일 노숙인하고 점심·저녁 식사하고 있습니다. 참 행복합니다.

다시 정리해 봅시다. 행복이란 무엇입니까? What is happiness?

하루하루 새롭게 시작하는 영혼의 여정입니다. 또 바로 지금, 이 순간에 최선을 다하는 것입니다. 사랑으로 나눔 실천하는 것입니다. 고통을 기회로 받아들이는 것입니다. 살아가는 모든 만남이 소중한 운명이라고 감사하는 것입니다. 그러면 행복합니다.

양초의 정체는 무엇입니까? 희생하면서 주변 사람에게 빛을 더 많이 줍니다. 양초 자체는 없어지지만 주변 사람은 행복합니다. 우리 생활도 양초가 되면 행복합니다. 아름다운 말씀을 소개합니다. 프란치스코 교황님이 코로나 때문에 힘들어하는 사람들에게 주는 메시지입니다.

> 강은 자기 물을 마시지 않고,
> 나무는 자기 자신의 열매를 먹지 않으며,
> 태양은 스스로를 비추지 않고,
> 꽃은 자신을 위해 향기를 퍼뜨리지 않습니다.
> 타인을 위해 사는 것은 자연의 법칙입니다.
> 우리 모두는 서로를 돕기 위해 태어났습니다.
> 아무리 어렵더라도 말입니다.
> 인생은 당신이 행복할 때 좋습니다.
> 그러나 더 좋은 것은 당신 때문에 다른 사람이 행복할 때입니다.
> 다른 사람들, 특히 가난한 사람들에게 제 삶을 기쁘게
> 내어주려고 노력했기 때문에 저는 축복받고 행복한 사람입니다.

사실 저는 여기에서 삶을 마친다고 해도 충분합니다. 제 메시지는 이것입니다. 참 아름답습니다. 제 생활을 나누면서 얻은 행복입니다. 누구든지 마음 안에 아름다운 재능 가지고 있습니다. 그러한 재능 나누면 행복하고 다른 사람도 행복하게 만들 수 있습니다.

Happy Person Make A Better World

●

'우리 마을' '우리끼리'……. 30년 전에 왔을 때 제일 많이 들었던 말입니다. 세상은 바뀌었습니다. 우리 마을, 우리끼리만 잘살면 안 됩니다. 이제 세상과 서로 연결되기 때문에 나만 생각하지 못합니다. 같이 생각해야 합니다. '중국의 공해 나랑 상관없어.' '일본에서 후쿠시마 원전이 사고 났어도 나랑 상관없어.' 이렇게 생각하면 안 됩니다. 상관이 많이 있습니다. 하나로 연결되기 때문입니다.

'저는 학생인데 뭐를 할 수 있습니까?' 이렇게 질문하는 학생 있습니다. 아닙니다. 학생이라서 할 게 많습니다. 세계에서 여러분 나이에 열심히 일하는 사람 많습니다.

말랄라 유사프자이Malala Yousafzai, 기억하시죠? 탈레반에 저항하면서 여성도 교육 받아야 한다고 운동했습니다. 열네 살이었을 때 활동 많이 했습니다. 세상이 바뀌게 만들었습니다. 2014년에 노벨 평화상 받았습니다.

나디아 무라드Nadia Murad는 이라크 소수민족입니다. 열아홉 살 때 IS에 끌려가서 성노예로 살다가 탈출했습니다. 지금은 여성 인권을 위해 싸우고 있습니다. 2018년에 노벨 평화상 받았습니다.

말랄라 유사프자이

나디아 무라드

그레타 툰베리

백영심

그레타 툰베리Greta Thunberg는 학생 때부터 기후 변화를 경고하고 시위했습니다. 환경운동가로 활동하고 있습니다. 이분들은 우리 세상 바뀌게 만들었습니다. 우리도 세상 바꿀 수 있습니다.

제가 사랑하고 소중하게 생각하는 사람 중에서 백영심 간호사님이 있습니다. 이분 보면 정말 측은해요. 마르고 힘이 없는 사람처럼 생겼지만 거인입니다. 순수하게 간호사로 아프리카 말라위에 갔는데, 거기서 병원, 유치원·초등학교·대학교 다 만들었습니다. 정말 아름다운 분입니다. 세상을 바꾸었습니다.

Happy person make a better world. 행복한 사람은 기쁜 세상을 만들 수 있습니다. 아까 말했듯이, 지금은 코로나 때문에 어렵고 춥지만 조금 후면 더 나은 세상이 찾아옵니다. 서로서로 도와주고 나누면 세상을 아름답게 만들 수 있습니다.

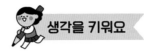

Q. 01

저는 아직 스스로 나눌 준비가 되지 않았다고 생각하고 또 나눌 것
도 별로 없다고 생각하는데, 어느 때가 준비된 때이고 어떤 것을 나
누면 좋을지 궁금합니다.

___

저는 다르게 생각합니다. 조금 전에 말했듯이, 누구든지 마음속에 아
름다운 재능 가지고 있습니다. 그 재능에 따라서 살고 있으면 행복합
니다. 예를 들어서 봉사자가 처음 안나의 집에 와서, "신부님 뭐 해야
됩니까?" 질문합니다. 그러면 저는, "그렇게 생각하지 마세요. 선생
님 뭐 좋아하세요?" 물어봅니다. 봉사자가, "저는 음악 좋아요" 대답
합니다. 저는, "그러면 우리 애들한테 음악 가르쳐 주세요" 부탁합니
다. 봉사자가, "저는 요리 잘해요" 대답합니다. 저는, "애들을 위해서
요리해 주세요" 부탁합니다. 봉사자가, "저는 운동 좋아해요" 대답합
니다. 저는, "애들하고 운동해 주세요" 부탁합니다. 누구든지 마음속
에 재능 분명히 하나씩 있습니다. 그런 재능에 따라서 살 수 있다면
행복합니다. 누구든지 그걸 발견하면 행복한 사람이 됩니다.

Q. 02

타인에게 배려하고 베풀고 살면 분명 행복해질 텐데, 왜 세계 평화는
힘든 걸까요? 제 소원 중 하나가 세계 평화와 남북 통일인데 사랑의
힘으로 감싸 안을 수 있을까요?

___

지금까지 우리는 모두 다른 사람들에게 책임을 요구하고 있습니다.
정치인들한테, "이거 해야지, 저거 해야지" 이렇게 요구합니다. 이건

아닙니다. 나부터 시작해야 합니다. 그분들한테 우리 대신 활동하라고 하면 안 됩니다. 나부터 시작하면 행복하고 사회를 바꿀 수 있습니다. 말랄라 유사프자이·나디아 무라드·그레타 툰베리 그 친구들 모두 십대였습니다. 그런데 세계를 바꿨습니다. 우리도 다 같이 노력하면 세상 바꿀 수 있습니다. 그러니까 우리가 조금씩 할 수 있는 데까지 열심히 노력해야 합니다. 나부터 시작하면 큰 변화도 만들어 낼 수 있습니다.

Q. 03
어떤 마음가짐을 가지고 노력해야 큰 성과를 거둘 수 있는지 궁금합니다.

큰 거 생각하면 준비 많이 필요합니다. 큰 거 생각하지 말고 있는 그대로 지금 여기에서 시작하세요. 저는 등산을 좋아합니다. 등산할 때, '아이고, 힘들어. 어떻게 하면 정상까지 빨리 갈 수 있을까?' 걱정해요. 그러면 더 힘듭니다. 한 걸음 한 걸음 집중하고 열심히 걸으면 세 시간 다섯 시간 후 정상에 도착할 수 있습니다. 준비 생각하지 말고, 지금 바로 시작하세요.

Q. 04
한국에 온 걸 후회한 적이 없나요? 이기적인 사람들을 보고 실망했을 때는 어떻게 회복하나요?

그런 날도 있었습니다. 사건 생길 때 실망해서, '왜 여기 왔을까?' '왜 안 되지?' 힘들었어요. 그다음에 마음 정리하고 다시 시작했습니다. 어려운 일이 생길 때 우리는 속상하고 힘들지만, 좋은 일, 좋은 분, 아

름다운 상황이 훨씬 더 많습니다. 긍정적으로 생각하세요. 왜냐하면 우리 주변에 좋은 일이 생각보다 훨씬 더 많습니다. 아까 잠깐 말했는데, 안나의 집 매일매일 700~800명이 식사하고 있습니다. 보통 일 아닙니다. 아름다운 분이 많아서 안나의 집이 있습니다. 우리 주변에 좋은 분 굉장히 많습니다. 눈에 잘 보이지 않지만 보기 위해 노력해야 합니다. 우리 생활에서 나쁜 일보다 속상한 일보다 좋은 일이 훨씬 더 많습니다. 노력해 보세요. 많이 발견할 수 있습니다. 저는 밤에 자기 전에 기도할 때 속상한 일, 잘못한 것, 부족한 것이 첫 번째로 나와요. 그거 버립니다. '야, 생각하지 마!' 그 대신 오늘 무슨 일 했는지만 생각합니다.

그리고 이기적인 사람들을 만나서 실망하지 않습니다. 저는 좋은 액세스 할 수 있습니다. 밤에 자기 전에 하나씩 하나씩 생각하고, '오늘 그런 사람 만나서 감사합니다.' '오늘 우리 애들 열심히 공부했기 때문에 감사합니다.' '오늘 음식 맛있어서 감사합니다.' 오늘 있었던 좋은 일 생각하면 마음이 편해지고 행복해지고 회복됩니다. 또 1년 반 전부터 매일매일 페이스북에 소식 올리고 있습니다. 우연히 시작했는데, 좋은 일 너무너무 많아서 다른 분에게 알려 드리고 싶어서 페이스북에 올리고 있습니다. 그러면 마음이 행복해집니다.

Q. 05
봉사하려고 마음먹은 계기가 있나요?

저는 사랑 많이 받았기 때문에 그 사랑을 나누고 싶었습니다. 선물처럼 나누면 얻는 것 훨씬 더 많습니다. 물건을 하나 내가 가지고 있으면 이것만 가질 수 있습니다. 하지만 양손 열고 나누면 그 순간부터 빈손이라서 훨씬 많이 받을 수 있습니다. 사랑을 받아서 사랑을 줄 수 있습

니다. 다른 사람이 저를 도와줘서 저는 다른 사람을 도와줄 수 있습니다. 받기 때문에 봉사할 수 있습니다. 선물입니다. 그렇게 되지 않겠습니까? 아까 말했듯이 저는 난독증 때문에 고생 엄청 많이 했습니다. 고통스러웠습니다. 저를 도와주는 친구 많이 있어서, 지금 제가 다른 사람 다른 친구 도와줄 수 있습니다. 받았기에 나눌 수 있습니다.

세상을
보는 방법

박길성

세상으로 나아가기 위한
첫 번째 방법은 거인의 어깨에 올라서는 것이다.
두 번째 방법은 친숙하고 당연한 것에
의문을 제기하는 것이다.
세 번째 방법은 경계를 넘어 타자와 교감하는 것이다.
이 과정을 거치면 나도 몰랐던
특별한 나를 만나게 될 것이다.

PROFILE

박길성

고려대 사회학과를 졸업하고 미국 위스콘신대에서 박사학위를 받았다. 고려대 사회
학과 조교수로 임용되어 문과대학장, 대학원장, 교육부총장을 역임하였다. 미국 유
타주립대 겸임교수를 지냈으며, 세계한류학회 회장과 한국사회학회 회장으로 활
동하였다. 현재 고려대 사회학과 교수로 재직 중이며, 호암상위원회 위원이며, 지속
가능미래를 위한 사회협력 네트워크 대표를 맡고 있다. 《한 사회학자의 어떤 처음》
《사회는 갈등을 만들고 갈등은 사회를 만든다》《한국사회의 재구조화》《세계화: 자
본과 문화의 구조변동》《Development and Globalization in South Korea:
From Financial Crisis to K-pop》 외 다수의 국내·외 책을 출간하였다.

오직 사실을 근거로 세상을 보자

●

여러분 안녕하세요. 고려대학교 사회학과 교수 박길성입니다. 오늘 저와 함께 세상을 보는 방법으로의 여정을 떠나 보겠습니다. 세상을 보는 방법은 매우 다양합니다. 학문 영역에 따라, 같은 학문이라도 관점에 따라, 또 어떤 자료를 활용하느냐에 따라 세상은 다른 모양과 다른 색깔로 등장합니다.

먼저 우리가 세상을 얼마만큼 알고 있는지 간단한 몇 가지 질문으로 워밍업을 해보겠습니다. 질문을 몇 가지 뽑아 봤습니다. 자, 질문을 할 테니 맞혀 보기 바랍니다.

첫 번째 문제입니다. 지난 20년간 세계 인구에서 극빈층 비율은 어떻게 바뀌었을까?

ⓐ 거의 두 배로 늘었다   ⓑ 거의 같다   ⓒ 거의 절반으로 줄었다

두 번째 문제입니다. 기대수명이란 0세의 출생자가 향후 생존할 것으로 기대되는 평균 생존 연수입니다. 참고로 우리나라 기대수명은 83세쯤입니다. 그렇다면 전 세계 평균 기대수명은 몇 세일까요?

ⓐ 50세   ⓑ 60세   ⓒ 70세

세 번째 문제입니다. 오늘날 세계 인구 가운데 15세 미만 아동은 20억으로 추정됩니다. 유엔이 예상하는 2100년에 15세 미만 아동은 몇 명일까요?

ⓐ 40억   ⓑ 30억   ⓒ 20억

네 번째 문제입니다. 지난 100년간 연간 재해 사망자 수는 어떻게 변했을까요?

ⓐ두 배 이상 늘었다   ⓑ거의 같다   ⓒ절반 이하로 줄었다

다섯 번째 문제입니다. 세계 인구 가운데 어떤 식으로건 전기를 공급받는 비율은 얼마일까요?

ⓐ20퍼센트   ⓑ50퍼센트   ⓒ80퍼센트

자, 다섯 문제의 답은 각각 무엇일까요? 정답은 모두 ⓒ입니다. 정답을 보니까, 아마 한 문제 맞히기도 그리 쉽지 않았죠? 이 다섯 가지 정답을 다 맞힌 사람은 특별한 연구자 외에는 없을 겁니다. 위의 다섯 질문은 스웨덴 통계학자 한스 로슬링이 쓴 《팩트풀니스》에 나오는 내용입니다. 한스 로슬링은 정확한 사실에 근거해서 세상을 제대로 바라보자는 취지에서 이 책을 썼다고 하네요. 다섯 문제 다 틀렸다고 해서, '내가 세상을 너무 모르나?' 하고 자책할 필요는 없습니다.

정답을 맞히지 못한 게 여러분 탓만은 아닙니다. 그동안 여러분이 참고한 자료 중에는 세상을 너무 비관적으로 보거나, 대책 없이 낙관적으로 보거나, 또는 잘못된 근거와 자료를 가지고 자의적으로 결과를 해석하는 경우가 많았습니다. 알게 모르게 세상에 대한 편견과 잘못된 정보가 여러분에게 전달된 것이죠. 이런 오류를 바로잡고 나만의 시선으로 세상을 제대로 마주하려면 어떻게 해야 할까요? 이제 본격적으로 세상을 보는 방법을 다뤄 보겠습니다.

세상을 보는 세 가지 시선,
불안과 성찰과 확신

●

사람들은 세상을 볼 때 일반적으로 세 가지 시선을 갖습니다.

첫째, 불안의 시선입니다. 세상을 볼 때 불안의 마음을 가지고 있습니다. 특히 익숙지 않은 새로운 정보를 접하거나 받아들여야 할 내용이 부담스러울 때 누구나 불안으로부터 자유롭지 못합니다. 누구나 현실이 두렵고 회피하고 싶은 마음이 들곤 합니다.

둘째, 성찰의 시선입니다. 밖으로 보이는 모습의 이면에 무엇이 있을까? 어떤 현상이 일어난 근본적인 원인은 무엇일까? 하나의 사건은 주변에 어떤 영향을 미칠까? 이런 생각으로 세상을 보는 방법입니다. 겉모습의 안쪽을 들여다보는 것이 성찰입니다.

셋째, 확신의 시선입니다. 마주하는 현상이나 흐름을 기회로 생각하는 태도입니다. 확신의 시선을 가지면 어떤 사건이 명확하게 이해되고, 또 그 현상과 흐름에 적극적으로 참여하기를 주저하지 않습니다.

'불안' '성찰' '확신' 가운데 어느 한 가지 시선으로만 사물과 사건을 보면 안 됩니다. 세 가지 시선이 서로 교차하고 뒤섞여서 세상을 바라봐야 균형을 잡을 수 있습니다. 상황에 따라 우리 안에서 어느 하나의 시선이 다른 시선을 압도할 때가 있습니다. 이렇게 기울어진 시선에 잠식당할 때는 한 걸음 물러서서 마음을 가다듬고 객관성을 유지하기 위해 노력해야 합니다. 한 가지 사례를 들어볼게요.

이 사진은 지난 2021년 10월 부산국제영화제에서 한국을 대표하는 봉준호 감독과 일본을 대표하는 하마구치 류스케 감독의 스페

봉준호 감독과 하마구치 류스케 감독의 대담

셜 대담 장면입니다. 봉준호 감독은 굳이 설명하지 않아도 우리한테 굉장히 친숙한 분이죠? 하마구치 류스케 감독도 봉준호 감독 못지않은 세계적인 감독입니다. 2021년에만 〈우연과 상상〉으로 베를린국제영화제에서 심사위원대상, 〈드라이브 마이 카〉로 칸영화제 각본상을 수상했습니다.

젊은 나이에 거장의 반열에 오른 두 감독이 만나 무슨 얘기를 나누었을까요? 뭔가 거창하고 명쾌하고 고차원적인 이야기를 나눌 만도 한데 그러지 않았습니다. 봉준호 감독은, "저는 매 순간 어디로 달아날지 회피적 고민을 하는 불안의 감독입니다" 하고 고백했습니다. 영화를 찍을 때마다 어떻게든 회피할 핑계를 찾는다는 겁니다. 그러면서 봉준호 감독은 하마구치 류스케 감독한테, "당신은 단단한 바윗덩어리 같은 확신의 감독으로 보입니다" 하면서 부러워했습니다. 그랬더니 하마구치 류스케 감독이 뭐라고 했을까요? "저도 영화 찍을 때 불안해 죽겠습니다." 이렇게 대답했습니다.

두 감독이 이떤 태도로 세계를 이해하고 영화를 만드는지 보여 주는 장면입니다. 불안과 확신과 성찰의 시선이 교차하고 있어요. 저는 두 감독의 불안과 확신과 성찰의 태도가 세계적인 작품을 만드는 원동력이었다고 생각해요. 이 과정을 거치면서, 비로소 우리가 보는 두 감독의 걸작이 탄생한 겁니다. 세계를 보는 시선은 이렇듯 불안과 확신과 성찰이 조화롭게 어울려야 합니다.

코로나를 어떻게 보아야 할까

●

코로나가 우리한테는 굉장히 불안한 요소입니다. 불안의 이유는 코로나의 높은 전파력, 치명적인 증상과 높은 치사율 때문입니다. 백신을 맞으면 극복할 수 있을 거라고 예상했는데, 오미크론은 더 빠르게 우리를 덮쳤습니다. 이게 얼마나 더 갈지 모르는 상태입니다. 아마도 새로운 변종이 나타날지도 모른다는 비관적인 예상도 나오고 있습니다. 팬데믹이 언제쯤 종식될지 아무도 모릅니다.

코로나 시대에 우리는, 우리가 너무나 당연하고 평범하다고 생각했던 일상과 단절되었습니다. 행동이 제약되고, 감시와 통제가 강화되고, 때로는 인권이 침해당하기도 했습니다. 사회는 활기를 잃었고, 소상공인은 문을 닫았고, 코로나 양극화가 극으로 치닫고 있습니다. 이 밖에도 불안의 항목은 차고 넘칩니다.

하지만 잠시 불안의 시선을 거두고, 성찰의 시선으로 바라보면 코로나는 우리에게 어떤 메시지를 전하고 있을까요? 코로나는 우리 인간에게 살아가는 데 꼭 필요한 것만 남기고 모두 내려놓으라고 냉정하게 요구하고 있습니다. 그동안 인간은 무조건 소유하고 쌓아놓느라 바빴습니다. 코로나는 그 비극적인 종말을 알리는 신호입니다. 욕망의 역사를 멈추고, 새로운 패러다임과 문명을 이뤄야 생존할 수 있다고 경고합니다.

경쟁과 성장 일변도의 자본주의 시스템에 대해 심각하게 반성해야 합니다. 편리함만 좇던 생활에서 벗어나, 불편함을 받아들여야 합니다. 외면의 화려함보다는 내면의 풍성함을 가꾸는 데 힘을 쏟아야 합니다. 물질만능주의에서 벗어나 검소하고 소박하게 살아가

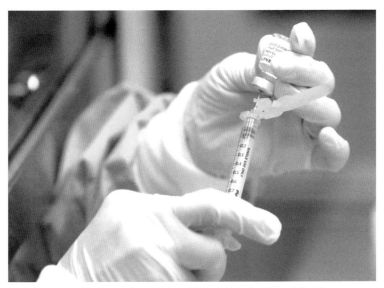
코로나로 인한 팬데믹은 비대면 양식을 일상으로 가져오는 것을 앞당겼다.

는 즐거움을 찾아야 합니다. 코로나가 폭로한 우리의 과거에 대한 깊은 성찰과 반성이 필요합니다.

그렇다면 기회와 확신의 시선으로 보는 코로나는 어떤 모습일까요? 코로나는 비대면 양식을 일상의 영역으로 가져왔습니다. 이제 원하는 분야의 강의를 아무런 공간적 시간적 제약 없이 들을 수 있습니다. 재택근무를 해도 회사가 제법 잘 돌아간다는 사실을 알게 되었습니다. 진정한 의미에서 시공간의 탄력성과 유연성을 확보한 셈입니다. 자동차와 공장을 멈춰 세워서 파란 하늘을 되돌려 주었습니다. 저녁이 있는 삶을 만끽하게 해주었습니다. 무엇보다 역설적으로 사회적 관계의 소중함을 일깨워 주었습니다. 물리적 거리는 멀어지고 조금 덜 만났지만, 사람들을 그리워하고 애틋해하는 심리적 거리는 더 가까워졌습니다.

이렇듯 우리는 불안, 성찰, 기회와 확신의 시선으로 코로나를 바라볼 수 있습니다. 세 갈래 시선은 모두 나름의 의미가 있으며, 서로 균형 있게 교차해야 합니다. 만약 우리 사회가 그럴 수 있다면, 포스트 코로나 시대는 배려·연대·공동체·공감·공유·협력·책임·신뢰·더불어 사는 지혜가 넘쳐나는 사회가 될 거라고 생각합니다.

거인의 어깨에 올라서자

●

이제 세상을 균형 잡힌 시선으로 보고 해석하는 걸 바탕으로 한 발 더 나아갈 차례입니다. 여러분은 머지않아 사회로 진출합니다. 여러분이 꿈꾸는 사회를 만들기 위해 지금 무엇을 어떻게 준비해야 할까요?

먼저 유명한 아이작 뉴턴의 에피소드를 소개할게요. 아이작 뉴턴도 대학을 다닐 때 지금의 우리와 비슷한 경험을 했습니다. 케임브리지대학을 다닐 때인데요. 당시 유럽에 무시무시한 흑사병이 창궐합니다. 그래서 케임브리지대학이 2년 동안 폐쇄되고, 뉴턴은 고향으로 내려와서 혼자 공부하고 사색해야 했습니다.

이때 나온 유명한 일화가 떨어지는 사과입니다. 뉴턴은 떨어지는 사과를 보고 '만유인력의 법칙'을 생각해 냈습니다. 사과가 땅으로 떨어지는 건 너무나 평범하고 당연한 현상입니다. 모든 이가 무심코 지나쳤던 그 현상에서 어떻게 위대한 물리 법칙을 발견할 수 있었을까요? 뉴턴은 이렇게 답했어요. "내가 더 멀리 보았다면 이는 거인들의 어깨 위에 올라서 있었기 때문이다."

2파운드 동전에 새겨진 'Standing On The Shoulders Of Giants'

　여기에서 '거인'이란 자신보다 앞서 살다간 위대한 과학자·철학자, 또는 그들이 남긴 지적 유산을 말합니다. 그러니까 뉴턴은 혼자 잘나서가 아니라, 선각자들이 남긴 전통을 배우고 익혀서 만유인력의 법칙을 발견할 수 있었다고 말한 것입니다. 이 말에는 겸손함과 자긍심이 한껏 배어 있습니다.

　세상으로 나아가기 위한 첫 번째 준비, 바로 거인의 어깨에 올라서는 것입니다. 'Standing On The Shoulders Of Giants' 구글의 학습 사이트(scholar.google.com) 첫 화면에도 이 문구가 씌어 있고, 영국 2파운드 동전에도 이 문구가 새겨져 있습니다. 지적 여정을 시작하려는 이들에게, 세상을 살아가는 모든 이들에게, '거인의 어깨에 올라타는 포부를 가지라'고 제안한 것입니다.

　참고로 이 문장은 뉴턴의 독창적인 표현은 아닙니다. 중세 유럽의 문헌에, '거인의 어깨에 올라서면 거인보다 더 멀리 볼 수 있다'는 비유가 종종 나오는데요. 이 말을 뉴턴이 자신의 것으로 빌려 온 것입니다.

　어떻게 하면 거인의 어깨에 올라설 수 있을까요? 전통적인 방법으로는 독서하고 토론하고 글을 쓰는 것입니다. 영국 철학자 프랜시스 베이컨은, "독서를 하면 아주 튼실한 사람이 되고, 토론을 하면 준비된 사람이 되고, 글을 쓰면 정확한 사람이 된다"고 설파했습니다. 당신이 꽉 찬 사람이 되고 싶다면 독서를 하고, 당신이 준비된 사람이 되려면 열심히 토론을 하며, 당신이 정확한 사람이 되고 싶으면 글쓰기를 하라는 의미입니다.

내 인생의 책과 만나는 시간

●

제 이야기를 잠깐 해드릴게요. 제가 신문 칼럼도 쓰고 논문을 쓰면서 글이 잘 풀리지 않을 때나, 또는 학자로서 고민이 있을 때 항상 제 옆에 두고 꺼내 보는 책 세 권이 있습니다. 누구나 자기한테 어떤 감동이나 감흥을 불러일으키는 주파수가 있어요. 각자의 성향과 직업에 따라 다를 수밖에 없겠죠. 이 세 권은 순전히 저한테 필요한 책입니다.

한 권은 작가 김훈이 쓴《자전거 여행》입니다.《자전거 여행》은 김훈 작가가 자전거로 우리나라를 쭉 여행하면서 보고 느끼고 경험했던 이야기를 담은 아주 잔잔한 에세이입니다. 내가 항상 이 책을 옆에 끼고 있는 이유가 뭐냐면, 글을 쓸 때 첫 줄 잡기가 굉장히 어렵습니다. 어떤 내용을 쓸지 아이디어는 있는데, 첫 문장을 어떻게 써야 할지 막막할 때가 많습니다. 첫 문장만 멋지게 시작하면 글이 술술 잘 풀릴 텐데, 그게 잘 안 되는 거죠. 그럴 때마다 저는《자전거 여행》을 페이지에 상관없이 그냥 펼쳐 봅니다. 김훈 작가는 문장이 간결하고 깔끔하기로 이름 높습니다. 읽고 있으면 마치 자전거를 타는 속도만큼 느리고 뚜렷하게 풍경과 생각의 조각들이 펼쳐집니다. 정말 주옥같은 문장이 많습니다.

예를 들어 김훈 작가는 경상남도 하동 화개마을에 갔을 때 경험을 다룬 에세이의 첫 문장을 이렇게 썼어요. "화개는 꽃피는 마을이다." 짧은 이 문장이 저한테는 너무나 은은하고 강렬하게 다가왔어요. '꽃 화花', '열 개開' 한자를 그대로 풀어 썼을 뿐인데도, 작가의 화개마을에 대한 감흥과 문장을 대하는 태도가 느껴져서 눈이 번쩍 뜨였습니다. 이렇게 찬찬히 한두 쪽 읽으면, "그래, 이렇게 쓰는 거야!" 하고 영감이 떠올라요. 정말 고맙고 소중한 책입니다.

두 번째 책은 독일 사회학자 막스 베버의 《소명으로서의 학문》입니다. 제가, '사회학자는 지금 무엇을 해야 하는가?' '사회학자의 소명은 무엇일까?' '지금 어떤 일에 집중해야 할까?' 이런 고민을 할 때마다 펼쳐보는 책이에요. 이 책을 정독하면서 사회학자로서 갖추어야 할 소양과 마음가짐과 태도를 배우고, 고민과 생각을 정리합니다. 그러다 보니 어느덧 이 책을 거의 다 외우다시피 하게 되었습니다.

마지막 한 권은 긴 호흡으로 좀 깊고 멀리 보는 지혜를 얻고 싶을 때 꺼내 보는 《고문진보》입니다. 《고문진보》는 옛 중국의 뛰어난 시와 문장을 엮어 놓은 상당히 두툼한 책입니다. 시와 문장이 아름답기도 하고, 내용이 깊이와 울림이 있어서 제게는 일종의 인생 상담 역할을 해주는 책입니다.

앞서 이야기했지만, 이 세 권은 순전히 제 개인적인 취향과 경험이 반영된 결과물이에요. 여러분 책상에도 여러분의 상황과 필요에 걸맞은 책이 한두 권쯤 꽂혀 있으면 좋겠습니다. 그 책으로부터 지식을 얻고 교감하고 지혜를 얻는 순간, 여러분은 거인의 어깨에 올라서고 있는 셈입니다.

사실 요즘 같은 시대에 꼭 책에만 의존할 필요는 없습니다. 현대적인 방법으로는 인터넷 강연이나 다큐멘터리를 활용할 수도 있습니다. 다만 '거인'으로 인정받을 만한 정통성과 완성도를 가진 내용이어야겠죠?

한 가지 더 말씀드리면, 여러분이 꼭 글을 써 봤으면 좋겠어요. 우리는 어떤 정보를 보고 들으면, 그게 마치 자기의 지식으로 채워졌다고 착각합니다. 모든 내용이 머릿속에 저장된 듯하지만, 전혀 그렇지 않습니다. 글로 써 보면 내가 아는 것과 모르는 것이 무엇인지 금세 알 수 있습니다. 글을 쓰면서 막힐 때는 나의 부족함을 느끼고 겸손해질 수밖에 없습니다. 또 부족한 부분을 어떻게든 채워 넣기 위해 공부합니다. 글쓰기도 거인의 든든한 어깨에 올라서는 아주 효과적인 방법입니다. 굳이 어떤 목적을 위해서가 아니라도, 글쓰기는 희미하고 어지럽던 생각을 정리해 주고 스스로에게 확답을 가져다줍니다.

Debunking!

●

세상과의 만남을 준비하는 두 번째 방법은 'Debunking'입니다. Debunking은 '폭로, 문제 드러내기' 정도로 해석됩니다. '수면 아래 잠겨 있던 무언가를 수면 위로 끌어올리기' '감추어진 진실을 폭로하기' 또는 '무릎을 탁 칠 정도로 놀라운 발상' 등을 얘기할 때

Debunking을 씁니다.

일상적이고 친숙하고 당연시하는 상식과 관습에 의문을 제기하는 역발상입니다. 아무런 의심 없이 받아들이는 생활세계의 껍질을 벗기는 행위이기도 합니다. 이 사회가 만들어 낸 고정관념은, 오랜 신화적 뿌리를 가지고, 사회 구성원을 길들이고 통제하는 측면이 강합니다. 그래야 사회가 평온하고 혼란스럽지 않게 잘 돌아간다고 믿기 때문입니다. 과연 그럴까요? 사회적 약속이라고 믿고 지키는 상식과 질서가 정말로 우리를 행복하고 풍요롭게 이끌어 줄까요? 오히려 개인의 자유와 창조성을 가로막고 가두는 건 아닐까요?

Debunking! 통념적인 해석으로부터 한발짝 물러나서 근본적이고 전혀 새롭게 질문해야 합니다. 사회학자는 사회학을 공부하는 과정을 Debunking에 비유하곤 합니다. 정해진 틀을 따라가지 말고, 가장 격정적이고 생동감 넘치게 여러분의 시선으로 질문해야 합니다. 여러분은 과거 질서가 아니라 미래사회를 살아갈 세대입니다. 기존 질서를 객관적으로 보면서 새로이 도전하고 부딪쳐서 여러분이 꿈꾸는 새로운 세상을 스스로 만들기를 바랍니다.

모든 경계에는 꽃이 핀다

●

세 번째 세상과의 만남을 준비하는 방법으로 '모든 경계에는 꽃이 핀다'를 제안합니다. 이 문장은 함민복 시인이 쓴 시집 제목이자, 거기 실려 있는 시 〈꽃〉의 첫 줄이기도 합니다. 잠깐 앞부분을 읽어 볼까요?

모든 경계에는 꽃이 핀다
달빛과 그림자의 경계로 서서
담장을 보았다
집 안과 밖의 경계인 담장에
화분이 있고
꽃의 전생과 내생 사이에 국화가 피었다
저 꽃은 왜 흙의 공중섬에 피어 있을까

일상적이고 서정적인 언어로 삶의 지혜를 끌어올리는 시인의 통찰이 새삼 놀라운 문장입니다. 세상의 모든 사물은 경계를 띠면서 고유한 정체성을 유지합니다. 하지만 각각의 경계가 고정되고 아무런 접촉도 없다면 이 세상은 아무런 일도 일어나지 않을 겁니다. 경계와 경계가 만나야 비로소 역동이 생겨나고 변화가 일어납니다. 모든 우주 자연과 인간 사회에는 서로 다른 것들이 만났을 때 꽃이 핍니다.

이런 생각을 해본 적 있나요? '왜 최근에 주목할 만한 혁신은 대부분 미국에서 일어났을까?' 조금 과장하자면, 2차 세계대전 이후 굵직한 혁신은 거의 미국에서 나왔습니다. 물론 유럽이나 세계 여러 나라에서도 크고 작은 혁신이 일어났지만, 새로운 흐름을 만들어 내는 혁신은 미국에서 나왔다고 해도 크게 틀린 말이 아닙니다. 과학기술 분야뿐만 아니라 대중문화 분야도 그렇습니다. 왜 그럴까요? 왜 중요한 혁신은 미국에서 일어날까요?

이 질문에 대한 대답은 여러 갈래가 있습니다. 교육 문제나 사회 문화적 조건 등 다양하게 얘기할 수 있습니다. 저는 경계와 경계를 넘나드는 자유로운 발상이 핵심 요인이라고 생각합니다.

스티브 잡스가 아이폰 제품이 나왔을 때 브리핑하면서 그때 스티브 잡스는, "애플의 DNA는 기술 하나만으로는 충분하지 않다고 생각한다. 기술이 인문학과 융합했을 때 우리의 심금을 울린다"고 강조했습니다.

기존 관념에 따르면 기술공학과 예술과 휴머니즘은 다른 결을 가졌으며, 그 경계에는 도저히 건널 수 없는 강이 흐른다고 인식했습니다. 우리 사회는 그동안 이과와 문과로 나뉘어 이분법적으로 배척하기까지 했습니다. 그런데 스티브 잡스는 오히려 서로 다른 분

야가 어울려야 비로소 애플의 DNA가 완성된다고 말합니다. 이과와 문과의 경계와 경계를 만나게 해서 아이폰이라는 꽃을 피워 올린 것입니다. 미국의 융합적 발상의 전환이 얼마나 놀라운 혁신을 가져오는지 보여주는 사례입니다.

가장 우수한 전투 병사만으로 선발된 군대가 전쟁에서 이긴 적은 없다고 합니다. 전투용 병사만으로는 전쟁에 나설 수 없어요. 그랬다가는 싸움도 치르기 전에 전멸할 게 뻔해요. 군대는 전투 병사뿐만 아니라, 싸움을 못하지만 요리를 잘하고 북을 잘 치고 짐을 나르는 병사도 필요합니다. 다양한 병사들이 모여서 서로의 빈자리를 메워 주어야 전쟁에서 승리할 수 있습니다. 현대의 회사 조직에서도 비슷한 성향과 능력치를 가진 사람들끼리 모여 있을 때 보여줄 수 있는 결과물은 불 보듯 뻔합니다. 순혈주의는 결국 구성원의 자율과 창의를 박탈하기 마련입니다.

처음으로 돌아가서, 여러분이 세상과의 만남을 준비할 때, '모든 경계에는 꽃이 핀다'는 문장을 늘 마음에 담아 두기를 바랍니다. 나와 다른 타자, 세상의 모든 개체는 저마다 경계를 가집니다. 타자의 경계가 때로는 낯설고 이질적이고 도저히 나와 함께 지내기 어렵다는 느낌이 들 때도 있을 거예요. 하지만 그 경계를 넘어 타자와 교감해야 같이 변화하고 성장할 수 있습니다. 그래야 더 넓은 세상을 만날 수 있고, 더 멋진 삶을 살아갈 수 있습니다. 혁신은 다양성의 가치에서 나옵니다. 모든 경계에는 꽃이 핀다는 의미를 강조하지 않을 수 없습니다.

나도 모르는 특별한 나를 만나다

●

지금까지는 주로 세상을 바라보는 시선, 세상과 만나는 태도 등에 대해 이야기했습니다. 내 바깥에 있는 세상과의 관계를 어떻게 설정할지 어느 정도 정리되었지만, 정작 중요한 부분이 남았습니다. 나와의 소통은 어떻게 해야 할까요? 이게 아주 어렵고 중요합니다. 결국 세상을 살아가는 주체는 '나'이기 때문입니다. 이제 '내 안에 세상' '내가 모르는 나' '뜻밖의 나'를 만나러 떠나 볼까 합니다.

먼저 요즘 젊은 세대의 특징과 유형을 표현한 용어를 몇 가지 꼽아 볼게요. '자기중심 Z세대'는 이기적이고 개인주의 성향이 강하고, 친구들과 어울리기보다는 혼자만의 세상을 사는 경향을 일컫는 용어입니다. 이런 현상은 우리나라에서만 일어나는 게 아닌가 봅니다. 영어에도 'Me Me Me Millennials'라는 표현이 있습니다. '휴대폰광'은 스마트폰에서 눈을 못 떼는 친구를 가리키는 용어입니다. 영어권에서는 'Phone Zombies'라고 부른답니다. 스마트폰과 좀비를 합친 단어인데 좀 오싹하죠? 비슷한 선상에서 '셀카광'이라는 용어도 있습니다. 'Selfie Addicts'라고 하는데, 하여간 어디만 가면 셀카를 찍어 대는 모습 때문에 생긴 말입니다. '오락반장'은 그나마 재미있는 표현입니다. 분위기를 띄우는 데는 일가견이 있지만, 왠지 덜렁덜렁하고 실수도 많이 하고 일을 책임감 있게 맡아서 처리하지 못하는 특징을 이르는 말입니다. '유리멘탈'은 감수성이 예민하고, 쉽게 상처받는 성향을 말합니다. 영어로는 'Snowflake'라고 하는데요, 눈송이처럼 가볍고 부드러워서 쉽사리 흩어지고 녹아 버리는 성향을 비유한 단어입니다. 마지막으로 '껨돌이'입니다. 더 이상 설명이 필요 없겠죠? 하루 종일 게임에 몰두하는 친구를 비꼬는 말입니다.

젊은 세대를 일컫는 용어로 적당한가요? 이 용어들을 보면 뭔가 부정적인 느낌이 많습니다. 하지만 저는 좀 다른 이면을 봤으면 좋겠어요. '자기중심 Z세대'는 달리 보면 자기 주관과 확신이 또렷한 세대라는 의미입니다. '휴대폰광'은 집중력이 뛰어나고 '셀카광'은 창조성과 자신감이 남다릅니다. '오락반장'은 개성과 열정이 넘칩니다. '유리멘탈'은 감수성과 온정이 뛰어난 거죠. '겜돌이'는 추진력이 끝내 줍니다.

정리해 보면 흔히 Z세대는 자기중심·휴대폰광·셀카광·오락반장·유리멘탈·겜돌이 등으로 표현되지만, 생각을 전환하면 그 속에서 각각 자기 확신·집중력·자신감·열정·감수성·추진력이라는 새로운 가치를 발견할 수 있어요. 이런 가치를 통해 여러분은 나도 모르는 특별함, 나도 모르는 비범함을 가진 존재로 거듭날 수 있습니다.

저는 젊은 세대가 기성세대와 다른 방식으로 세상을 살아간다고 생각해요. 새로운 세상과 만나기 위해 새로운 패턴의 장점을 획득한 거죠. 기성세대는 이해하지 못하고 걱정스레 보는 게 당연해요. 그러니까 여러분은 여러분의 장점을 더 살려서 자기만의 길을 걸어가면 좋겠어요. 그게 고귀한 가치가 되고 중요한 자산이 되고 특별함이 된다고 믿습니다. 여러분은 특별합니다.

여러분이 가진 특별함을 부끄러워하거나 감출 필요가 없습니다. 여러분 안에는 이미 여러분만의 특별한 비범함이 내재돼 있어요. 아직 내가 가진 특별한 가치가 무엇인지 눈치채지 못했을 뿐입니다. 여러분 내면에 깃들어 있는 뜻밖의 나를 만나 보세요. 그걸 당

자기 중심
주관과 확신이 뚜렷하다.

휴대폰광
집중력이 뛰어나다.

오락반장
열정과 개성이 넘친다.

유리멘탈
감수성과 온정이
뛰어나다.

겜돌이
추진력이 있다.

셀카광
창조성과 자신감이
남다르다.

MZ세대만의 특별함으로 세상을 바꾸자

당하게 꺼내어서 세상과 맞서게 해주세요. 여러분의 특별한 가치가 세상과 만나는 순간, 우리 사회는 훨씬 다양해지고 멋지게 변화될 거라고 믿습니다.

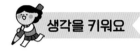

Q. 01

미국에서 왜 혁신이 많이 일어났는지 설명해 주셨는데, 과연 미국의 케이스를 우리 사회에 적용할 수 있을지 궁금합니다.

물론 두 나라는 역사와 문화와 경제 조건이 다릅니다. 오랜 시간 누적되어 온 사회 시스템은 짧은 시간에 바뀌지 않습니다. 물론 강제로 이식할 수도 없고요. 미국 사례를 그대로 따라 하자는 태도도 바람직하지 않습니다. 다만 미국 사례에서 제가 하고 싶었던 이야기는 나와 다른 사람과의 만남, 서로 다른 분야의 교류와 결합이 중요하다는 점이었습니다.

최근에 매우 재미있는 연구 결과가 하나 나와서 소개해 드릴게요. 어떤 친구와 만날 때 행복하고 신뢰도가 상승하고, 만족도가 높은가에 관한 조사였습니다. '나와 성향이 비슷한 사람을 만났을 때 그렇지 않을까?' 하고 생각하겠지만 연구 결과는 전혀 다르게 나왔습니다. 실제로는 나와 경험도 성향도 다른 사람, 이를테면 정치 이념·성 정체성·종교·직업 등에서 나와 다른 사람을 만났을 때라고 합니다. 그러니까 다양한 사람이 만났을 때 창조성과 효율성이 높아진다는 뜻입니다. 따라서 우리에게 필요한 건 더불어 사는 지혜, 즉 나와 다른 생각과 패턴을 가진 사람을 존중하고 교감하는 태도입니다.

한국 사회는 혈연·지연·학연 등에서 자유롭지 못한 사회이지 않습니까? 여러분이 관습과 구속에서 벗어나 자유로워지기를 바란다면, 열린 마음으로 다양한 사람들을 만나고 넓은 세상을 경험해 보세요.

그래야 10년, 20년 뒤에 여러분이 사회의 주역이 되었을 때, 지금보다 훨씬 다양성의 가치가 존중되고 혁신의 흐름이 생겨날 것입니다.

여러분의 손으로, 여러분의 가슴으로 그 변화를 만들어 낼 거라고 확신합니다.

Q. 02
나도 모르는 특별함을 발견하는 좋은 방법을 알려 주세요.

여러 해 전에 영국 한 언론사가 거액의 상금을 걸고 문제를 냈습니다. 문제는 '런던에서 맨체스터까지 가장 빨리 가는 방법'입니다. 많은 사람들이 언론사에 답을 적어 보냈습니다.

런던역에서 맨체스터역까지 기차로 얼마나 걸리고, 빠른 자동차로 달리면 얼마나 걸리고, 직선으로 날아가면 또 얼마나 걸리고, 물리학자·수학자까지 저마다 복잡한 수식으로 계산해서 그 나름 정답을 제출했어요. 그런데 언론사에서 뽑은 정답이 무엇이었을까요? '좋은 친구와 같이 간다'였습니다.

여러분의 비범함은 스스로 찾아내야 합니다. 하지만 나하고 좀 다른 친구의 도움을 받을 수도 있습니다. 만약 친구가, "너 좀 눈송이 같아. 조금만 건드려도 상처받는 거 같아." 이렇게 말해 줬다면, 내가 감수성이 뛰어나다는 뜻입니다. 그게 칭찬인지 충고인지는 중요하지 않습니다. 친구는 내가 미처 보지 못한 나를 발견해 주는 거울입니다. 나와 성향이 비슷한 친구보다는 취향과 생각이 다른 친구가 좀 더 좋습니다. 그래야 내가 가진 비범함과 특별함을 더 잘 찾아낼 테니까요. 친구가 객관적으로 발견한 '나'와 내가 스스로 발견한 '나'를 잘 어울리게 할 수 있다면 여러분 평생에 가장 중요한 자산으로 남을 겁니다.

Q. 03

요즘처럼 어려운 시기에 긍정적이고 현명한 사고를 하려면 어떻게 밸런스를 맞춰야 할까요?

요즘 사람들이 힘들어하는 가장 큰 이유가 뭘까요? 친구, 동료, 새로운 누군가를 만나야 하는데, 그 관계가 단절되어 불안하고 일상을 혼자 지내고 있다는 생각 때문일 것입니다. 그래서 자꾸 불안의 시선에 사로잡힙니다.

사회 구성원이 서로 교류하고 신뢰하지 않으면 정말 척박한 사회가 되겠죠. 저는 이럴 때일수록 나눔의 마음이 중요하다고 생각해요. 신뢰의 나눔이자 감사의 나눔 같은 것 말입니다. 세상을 균형 있게 바라보고 살아가려면 나 혼자 힘으로는 불가능합니다. 다른 사람이 보내주는 나눔이 있어야 나를 지탱할 수 있습니다.

또 가까운 가족과 친구의 소중함을 알고 늘 표현하는 게 중요합니다. 내가 직접 아는 사람은 아니지만, 이를테면 팬데믹 환경에서 의료 분야 같은 데서 일하는 분들, 음식을 배달해 주는 분들에게 감사하는 마음을 가졌으면 좋겠습니다. 이런 마음이 모여 나를 살찌우고 우리 사회를 단단하게 지탱해 줍니다. 여러분이 요즘 같은 어려운 시기를 긍정적이고 현명하게 넘어갈 수 있기를 바랍니다.

Q. 04

앞에서 소개한 책 중에서 가장 인상 깊었던 책은 무엇이고, 그 이유는 무엇인가요?

강연 중에도 말했듯, 저는 책 세 권을 항상 옆에 두고 있습니다. 첫 번째로 소개해 드리고 싶은 책은 김훈 작가의 《자전거 여행》입니다. 글을 쓸 때 제일 어려운 것이 첫 줄입니다. 그래서 저는 그럴 때마다《자전거 여행》을 펼칩니다. 몇 페이지를 읽으면서 '이렇게 쓰는 거야.'라고 생각합니다. 이 책에는 정말 좋은 문장이 많습니다. 글이 막힐 때 꼭 한 번씩 보는 책입니다. 두 번째 책은 학자로서 고민이 생겼을 때, 독일의 유명한 사회학자인 막스 베버가 쓴《직업으로서의 학문, 소명으로서의 학문》을 봅니다. 이 책을 보면서 학자로서의 마음 다짐, 또 학문으로서 내가 갖춰야 될 부분들에 대한 고민이나 생각들을 정리합니다. 마지막은 좀 깊이 있고 멀리 보는 생각, 좀 긴 호흡이 필요할 때,《고문진보》라는 중국의 고전을 모아 놓은 책을 봅니다. 그런데 제가 강조하고 싶은 것은 '해답을 찾고 싶다'는 생각이 들면, 그것이 꼭 책이 아니어도 된다는 겁니다. 여러분도 책 세 권이든, 멋진 화보든, 안고 있는 문제나 풀어야 될 과제의 어떤 해답을 찾아보는, 자기만의 방법을 찾기를 바라는 그런 마음으로 말씀을 드립니다.

태양계 시대가 온다

이명현

우리는 이 순간의 현재를 살고 있다.
우리가 사는 지금 이 순간은 과거에 우리가 행동하고
선택했던 것들의 결과물이다.
미래는 그냥 오는 게 아니라
지금 우리 주변의 여러 가능성 중에서
선택되고 실현된 결과물의 총합이다.
우리는 상상 속 미래가 현실로 이루어지는 사건을
하루하루 목격하면서 살아간다

PROFILE

이명현

칼 세이건을 사랑하는 천문학자. 과학 저술가이자 커뮤니케이터로서 우주 과학 지식
에 목마른 사람들과 성심껏 소통해 왔다. 외계 생명체를 찾는 과학 프로젝트, 세티의
한국 책임자(SETI KOREA 대표)와 메티 인터내셔널 자문위원을 맡고 있다. 전파 망
원경으로 은하를 연구하는 중심지, 네덜란드 흐로닝언 대학교에서 나선 은하의 물리
적 특성과 암흑 물질에 관한 논문으로 박사 학위를 받았다. 네덜란드 캅테인 연구소
연구원, 한국천문연구원 연구원, 연세대학교 천문대 책임연구원을 지냈다. 지은 책
으로는 《이명현의 별 헤는 밤》 《이명현의 과학책방》 《시민의 교양과학(공저)》 《과학
은 논쟁이다(공저)》 등이 있으며, 옮긴 책으로는 《침묵하는 우주(공역)》 등이 있다.

사이언스 픽션이
사이언스 팩트가 되는 순간

●

안녕하세요. 천문학자이면서 '과학책방 갈다' 대표로 일하는 이명현입니다. '갈다' 하면, '뭔가 갈아엎는다는 건가?' 이렇게 생각할 텐데요. 그게 아니라 갈릴레오의 '갈' 자, 다윈의 '다' 자를 따서 붙인 이름이에요. 과학자·과학 저술가 등 100여 명이 모여서 만든 책방인데요. 과학 관련한 책도 팔고 잡지도 만들고 독서 모임도 갖고 강연도 열고 있어요.

또 한 가지 제가 관심을 가지고 일하는 분야가 있는데, 바로 외계 지적 생명체를 탐색하는 프로젝트(SETI, Search for Extra-Terrestrial Intelligence)예요. 그래서 '메티 인터내셔널'이라는 국제 조직 자문위원도 맡고, 우리나라에서 세티(SETI KOREA) 코리아 대표도 맡고 있습니다. 오늘 외계인 얘기를 하지는 않겠지만, 제가 그런 일을 하고 있다고 알려 주고 싶었습니다.

여러분만 할 때 저는 천문학자가 되고 싶던 과학 소년이었어요. 그래서 우주를 보면서 꿈을 꾸고 상상의 나래를 펴곤 했어요. 그런데 제가 어린 시절에 아득하게 먼 미래에나 가능하다고 상상하던 것들이 세월이 지나면서 어느새 하나씩 하나씩 실현되더라고요. 이런 경험은 정말 놀랍고 신기합니다.

예를 들어서 사과가 떨어지잖아요? 옛날 사람들은 사과가 땅으로 떨어지는 이유를 몰랐어요. 하지만 뉴턴이 모든 물체에 서로 끌어당기는 힘이 작용한다는 만유인력의 법칙을 발견하면서 사람들은 어둠에서 벗어나 세상을 새롭게 볼 수 있었어요. 과학 원리를 알기 전에 세상은 그저 신비하고 때로는 두려운 마법으로 가득했어요. 하지만 과학이 해석해 내는 순간부터는 너무나 질서정연하게 움직이는 자연현상이 됐죠. 여러 과학적 발견 덕분에 현대를 살아가는 여러분은 저 유명한 갈릴레오보다 훨씬 많은 지식을 가지고 있어요.

화성만 해도 그래요. 예전에는 하늘에 떠 있는 신비로운 미지의 별이었어요. 하지만 천체망원경으로 관찰하고 과학 기술로 여러 데이터를 모아서 화성이 태양계의 네 번째 행성이며, 지구의 반절 정도 크기이고, 지구와 거의 비슷한 속도로 자전한다는 사실을 알아냈어요. 최근에는 무인 우주선을 보내 화성의 토질과 대기와 생명체 존재 가능성을 탐사하고 있으며, 한 발 더 나아가 화성에 인류가 정착하는 프로젝트를 진행하고 있어요. 과학 덕분에 화성은 이제 우리에게 아주 익숙하고 친근한 행성이 되었습니다.

여기 사진을 하나 볼까요? 이게 좀 오래된 사진인데요, 어떤 분이 서 있고 뒤에 우주 공간과 우주탐사선이 보이네요. 그리고 앞쪽 탁자에 'esa'라는 로고도 보입니다. 'ESA'는 European Space Agency, 그러니까 유럽 우주국을 뜻해요. 유럽의 여러 나라가 모여서 미국 항공우주국NASA처럼 우주를 연구하는 조직이에요. 사진 속 여성은 ESA 대변인 같은 분인데요, 아마도 우주탐사선과 관련해서 브리핑하고 있는 듯하죠?

이게 어떤 상황이냐면, 저 우주탐사선의 이름이 '로제타'입니다. ESA는 지난 2004년에 로제타를 우주로 쏘아 올렸어요. 로제타는 플라이바이(행성의 중력을 이용해서 우주선의 경로를 바꾸는 비행 기술) 항법으로 65억 킬로미터를 비행해서 2014년에 추류모프-게라시멘코 혜성에 가까이 다가갔어요. 로제타는 이 혜성에 '필레'라는 조그만 탐사선을 착륙시키는 데 성공합니다.

이 사진은 필레가 혜성에 착륙하는 순간을 중계하는 장면이에요. 이때 이 대변인이 이런 멘트를 했어요. "Science Fiction Became Science Fact." '사이언스 픽션'이란 현실에서 이루어지지 않았지만, 과학적으로 실현 가능한 상상의 세계를 말합니다. 그 사이언스 픽션이 사이언스 팩트가 되는 순간, 곧 과학의 힘으로 상상을 현실로 만든 순간이라는 거죠. 상상 속에서나 가능했던 이야기가 과학의 힘으로 실현되는 기념비적인 순간입니다. 이 사건이 있기 전까지 인간이 만든 인공물이 혜성에 다다라서 탐사한다는 건 사이언스 픽션의 영역이었어요. 그런데 필레가 추류모프-게라시멘코 혜성에 착륙하면서 사이언스 팩트, 현실이 되어 버린 거죠.

가만히 생각해 보세요. 우리는 이 순간의 현재를 살고 있어요. 우

ESA 우주탐사선 브리핑

리가 사는 지금 이 순간은 과거에 우리가 행동하고 선택했던 것들의 결과물이에요. 제가 여기 이렇게 서 있는데요. 이렇게 서 있기까지 저는 무수히 많은 과거를 거쳐 왔어요. 과거에 여러 갈림길에서 저는 하나의 길을 선택했고, 그 선택의 결과로 제가 이 자리에 있는 것이죠. 그렇다면 미래도 마찬가지 아닐까요? 미래는 그냥 뚝딱 오는 게 아니라 지금 우리 주변의 여러 가능성 중에서 선택되고 실현된 결과물의 총합이에요. 사이언스 픽션이 사이언스 팩트가 되어 나타나는 것, 그게 미래가 아닐까 생각합니다.

인류의 과학은 이 순간에도 눈부시게 발전하고 있어요. 제가 몇 달 전에 오늘과 비슷한 주제로 강연했는데요. 그때 제가 사이언스 픽션이라고 말했던 내용이 그사이에 사이언스 팩트가 되어 버렸습니다. 사실 저는 이런 과학적 사건을 보면 굉장히 감격스러워요. 상상 속 미래가 현실로 이루어지는 사건을 하루하루 목격하면서 살아가는 거잖아요.

예를 하나 들어 볼까요? 지난 2021년 크리스마스 날 저녁에 굉장히 큰 과학적 사건이 있었습니다. 저 같은 천문학자나 별과 우주를 사랑하는 사람들한테는 그야말로 최고의 크리스마스 선물이었는데, 혹시 여러분도 알고 있나요?

맞아요, 제임스 웹 우주망원경이 발사되었습니다. 발사되는 날 발사장 주변 날씨가 안 좋아서 조마조마했는데, 다행히 무사히 발사에 성공했습니다. 사실 제임스 웹의 남은 여정을 생각하면 성공했다고 단정하기에는 좀 이릅니다.

일반적으로 우주망원경은 지구 둘레를 도는 인공위성에 설치한 망원경을 말해요. 우주망원경은 인공위성과 함께 지구를 돌면서 우주를 관측합니다. 그런데 제임스 웹 우주망원경은 여느 우주망원경과 아주 다른 방식으로 작동해요.

제임스 웹을 실은 우주선은 지구 대기권을 벗어나서 한 달 정도 더 태양을 향해 날아갔습니다. 그리고는 라그랑주 포인트, 즉 태양 질량과 지구 질량이 서로 균형을 이루는 지점에 도착했습니다. 태양과 지구가 끌어당기는 힘이 균형을 이루기 때문에 제임스 웹 우주망원경은 어느 한쪽으로 끌려가지 않고 정지 상태를 유지합니다. 우주선이 라그랑주 포인트에 다다른 다음, 프로그램에 따라 우주망원경이 설치되고 작동을 준비했습니다. 이렇게 제임스 웹 우주망원경이 작동하기까지는 처음 우주선을 쏘아 올린 때부터 꼬박 여섯 달이 걸렸습니다.

제임스 웹 우주망원경은 앞으로 우리가 보지 못했던 우주 저편 아주 멀리까지 관측할 거예요. 그러면 인류는 우주의 심연으로 한 발 더 다가갈 수 있습니다. 아마도 여러분이 이 책을 읽을 때쯤에는 제임스 웹이 보내온 사진을 볼 수 있을 거예요. 사이언스 픽션이 사이언스 팩트가 되는 순간인 거죠. 저는 2021년을 마감하는 가장 큰 천문학적인 사건이 이 제임스 웹 우주망원경 발사라고 생각합니다.

제임스 웹 우주망원경 발사 장면

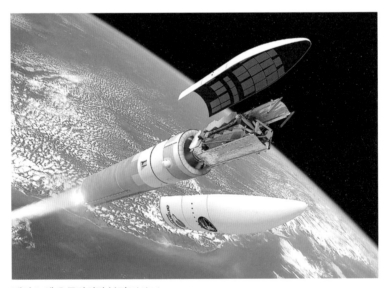

제임스 웹 우주망원경 분리(상상도)

우주여행을 꿈꾸던
괴짜 회장의 해결책

●

과학이 발전하면서 인류는 본격적으로 지구 밖으로 나가서 태양계를 여행하기 시작했어요. 오늘 저는 '태양계 시대가 온다'라는 주제로 얘기해 볼까 해요. 제목이 좀 거창한가요? 무거운 내용은 아니고요. 태양계 시대가 이제 막 열렸는데 이게 어느 수준까지 진행되었는지, 앞으로 얼마나 발전할 수 있을지 여러분과 이야기를 나눠 보겠습니다.

1969년 아폴로 11호가 달에 착륙하면서 인류는 지구 밖 우주여행을 시작했어요. 그런데 그동안 우주항공 분야는 몇몇 힘 있는 국가가 진행해 왔어요. 최고의 과학기술이 집약되고 엄청난 비용이 들기 때문에 그럴 수밖에 없었어요. 그러다 보니 과학자나 국가에서 선별해서 훈련받은 사람이 아닌 일반인이 우주여행을 하기는 아주 힘들었습니다. 러시아에서 민간인을 대상으로 한 우주여행 상품을 선보이기는 했어요. 소유즈 우주선을 타고 국제우주정거장에 가서 일주일 정도 지내는 프로그램인데, 이게 비용도 아주 비쌌고 기껏 네댓 명 정도만 참여할 수 있었어요.

'여행'이란 내가 돈을 내고 어느 곳에 가 보는 걸 뜻해요. 또 국가기관의 공적인 업무가 아니라 지극히 개인적이고 일상적으로 자유롭게 다닐 수 있어야죠. 따라서 '우주여행'이라고 하면 적어도 어떤 기업이 개인을 대상으로 여행 상품을 준비하고, 개인이 일정한 경비를 내면 가고 싶을 때 갈 수 있을 정도는 되어야 합니다. 사람들은 오래전부터 이처럼 자유로운 우주여행을 갈망해 왔어요. 그렇지만

화성 옆의 국제우주정거장

일반인에게 우주여행은 사이언스 픽션 영역이었습니다. 조금씩 다가오고 있었지만, 아직은 멀리 있는 영역이었어요.

그런데 이게 지난 2021년 7월에 사이언스 팩트가 되어 버린 사건이 일어났습니다. 영국 버진그룹 회장 리처드 브랜슨은 평소에 모험을 즐기기로 유명해요. 이분이 어렸을 때 꿈이 우주여행이었대요. 그런데 앞서 살펴보았듯이 민간인이 그 꿈을 이루기는 거의 불가능했어요. 리처드 브랜슨 회장은 어떤 방법으로 그 꿈을 이루었을까요?

아예 버진 갤럭틱이라는 회사를 차려서 우주선을 만들었어요. 그러고는 이 우주비행선의 첫 비행에 리처드 브랜슨 회장이 직접 탑승했습니다. 사진을 보면 첫 비행에 탑승했던 사람들이 나옵니다. 리처드 브랜슨 회장, 전문 우주비행사 두 명, 그리고 우주여행을 꿈꾸던 민간인 세 명, 이렇게 모두 여섯 명이 탑승했어요. 우주여행에 필요한 경비는 탑승자 가운데 한 명이 부담했다고 합니다. 그야말로 민간 우주항공 회사가 일반인을 대상으로 경비를 받아서 우주여행을 다녀온 것입니다.

버진 갤럭틱이 만든 우주선은 구조가 좀 재미있게 생겼어요. 가운데에 우주선 로켓이 있고, 양쪽에 비행기가 있습니다. 이전에 우리가 보던 우주선은 지구 지표면에서 로켓을 발사해서 올라가다가 2단, 3단 로켓을 분리하면서 우주로 진입하잖아요. 우주비행선이 중력을 벗어나려면, 그 무거운 물체를 초당 11킬로미터 정도 속도

첫 우주관광 성공 뒤 자축하는 리처드 브랜슨과 우주선 탑승객들

로 밀어 올려야 해요. 그러자면 막대한 에너지가 필요하고 당연히 비용도 많이 들어갑니다.

그런데 버진 갤럭틱은 기존 우주선과 다른 발사 방법을 생각해 냈어요. 우선 우주선을 비교적 작게 만들고, 이걸 비행기 두 대에 실어 올렸어요. 우주선을 실은 비행기가 지표면에서 최대한 높이 올라간 다음, 비행기와 우주선을 분리하면서 우주선 로켓을 점화했어요. 지표면과의 거리만큼 중력의 영향을 덜 받는 상태에서 상대적으로 적은 연료로 우주선을 쏘아 올린 거죠. 이런 방식으로 자연스레 비용을 절감했습니다.

사실 국가가 주도하는 우주탐사 프로젝트도 비용 문제는 아주 중요한 걸림돌이에요. 민간 차원의 우주산업은 비용 문제에 더 민감할 수밖에 없죠. 비용을 절감해야 사람들이 적은 비용으로 우주여행을 갈 수 있으니까요.

버진 갤럭틱 우주선은 지표면에서 84~85킬로미터까지 올라갔습니다. 그곳은 거의 무중력 상태예요. 버진 캘럭틱 우주선의 여섯 우주여행자들은 안전벨트를 풀고 무중력 상태를 경험했으며, 우주 공간에 떠 있는 지구를 눈에 담았습니다. 우주선은 90분간의 우주여행을 끝내고 무사히 귀환했어요. 비록 시간이 조금 짧고 비행 고도도 아주 높지 않았지만, 우주여행이라는 사실은 분명합니다.

이때 리처드 브랜슨의 나이가 무려 75세였어요. 어릴 때부터 꿈꾸던 우주여행을 위해 직접 우주비행선을 만들고, 그 첫 비행에 직접 탑승했습니다. 물론 회사를 홍보하려는 목적도 있었겠죠. 하지만 단순히 홍보만을 위해서 그 정도 나이에 선뜻 우주선에 올라탈 회장이 몇 명이나 될까요? 누구도 가 보지 못한 미지의 세계에 대한

버진 갤럭틱 우주선 비행기

두려움을 떨치고 꿈을 향해 나아가는 모습에 사람들은 박수를 보냈어요. 괴짜 회장 덕분에 민간인의 손으로 만든 우주비행선을 타고 민간인이 우주를 여행하는 꿈이 실현되었습니다. 사이언스 픽션이 사이언스 팩트가 되는 순간입니다.

엔터프라이즈호 선장을 꿈꾸던 소년,
우주를 날다

그런데 버진 갤럭틱이 우주여행을 준비하던 시기에 우주여행을 준비한 또 다른 민간인이 있었어요. 바로 미국 인터넷 기업 아마존닷컴 창업자 제프 베이조스였어요. 우주여행을 오랜 꿈으로 간직해 왔고, 심지어 물리학을 전공한 제프 베이조스도 꿈을 이루기 위해 블루 오리진이라는 회사를 세워서 우주선을 만들었어요. 이 우주선은 버진 캘럭틱 우주선이 최초의 민간 우주여행에 성공한 지 불과 며칠 뒤에 하늘로 솟아올랐습니다.

블루 오리진에서 만든 우주선은 우리가 익숙하게 보던 우주선과 비슷하게 생겼어요. 지표면에서 로켓을 발사해서 올라가는 방식이에요. 블루 오리진 로켓은 한 번 사용하고 난 뒤에 다시 제자리로 돌아오도록 설계해서 재활용한다고 합니다. 로켓 위에 놓여 있는 캡슐에는 사람이 탑승합니다. 이 우주선 캡슐에는 네 명의 민간인이 올라탔습니다.

먼저 제프 베이조스 회장과 친동생이 함께 탑승했습니다. 동생과 사이가 아주 좋은가 봐요. 그리고 무려 82세의 할머니가 한 분 참여

블루 오리진 우주선

했습니다. 이 할머니는 어떤 사연이 있을까요? 우주탐사가 시작되던 초기에 미국 나사에서는 우주비행사를 뽑아서 훈련을 시켰어요. 이때 여성도 열세 명을 뽑아서 우주비행사 훈련을 시켰습니다. 그런데 생각해 보세요. 당시에 아폴로를 비롯해서 우주비행선에 탔던 우주비행사는 전부 남성들이었어요. 당시에는 여성이 아무리 실력이 뛰어나도 남성우월주의 사회의 그늘을 벗어나지 못했어요. 여성도 남성과 똑같은 우주비행사 훈련을 받았지만 여성 비행사들은 끝내 우주선에 오르지 못했습니다. 그러니까 보여주기식으로 여성 비행사들을 뽑아서 들러리를 세웠던 거죠.

이 할머니는 그때 여성 우주비행사 가운데 한 분이었습니다. 제프 베이조스 회장은 이 할머니를 찾아가서, "내가 우주여행을 하는데,

당신과 함께 가고 싶습니다" 하고 초대했어요. 덕분에 할머니는 젊었을 때 우주비행사 훈련을 받고, 82세가 되어서 꿈을 이루게 되었습니다.

마지막 한 사람은 18세, 대학교 입학을 앞둔 학생이었어요. 이 학생의 아버지는 네덜란드 사업가인데, 입찰을 통해서 네 사람의 우주여행 비용을 냈습니다. 그 조건으로 자기도 참여하기로 했는데, 일정이 맞지 않아서 대신 아들을 우주선에 탑승시킨 거죠. 아빠 찬스를 제대로 쓴 이 학생은 경비를 내고 우주여행을 한 승객으로 기록되었습니다.

블루 오리진 우주선에 탑승한 할머니는 최고령 우주인, 학생은 최연소 우주인 신기록을 세웠습니다. 블루 오리진 우주선은 버진 갤럭틱 우주선과 또 하나 다른 점이 있었어요. 버진 갤럭틱 우주선에는 두 명의 전문 우주비행사가 탑승해서 운전했지만, 블루 오리진 우주선에는 비행사가 따로 탑승하지 않고 자동항법장치로 비행했어요.

버진 갤럭틱 우주선이 우주여행에 성공하고, 불과 열흘 뒤에 블루 오리진 우주선도 우주여행을 시작했습니다. 네 명의 승객을 캡슐에 태운 우주선은 107킬로미터 상공까지 올라갔어요. 그곳에서 3~4분 정도 우주여행을 마친 다음에 캡슐에 낙하산을 펴서 착륙했습니다.

블루 오리진의 우주비행선은 석 달 뒤에 두 번째 우주여행을 했는데, 이때 네 명의 승객 가운데 무려 90세 할아버지가 탑승했어요. 최고령 우주인 기록을 석 달 만에 갈아치운 이 할아버지의 이름은 윌리엄 샤트너. 1960년대에 미국에서 큰 인기를 끌었던 드라마 〈스타트렉〉에서 USS 엔터프라이즈호의 커크 선장을 연기했던 영화배우입니다. 제프 베이조스는 어릴 때 〈스타트렉〉을 보면서 우주여행을 꿈꿨는데, 오늘의 자신을 있게 해준 그 주인공에게 은혜를 갚은 셈이에요.

제가 두 민간 우주선이 올라간 높이를 '80킬로미터' '100킬로미터' 이렇게 구체적으로 언급한 이유가 있어요. 지표면에서 80킬로미터까지 올라가면 지구 중력에서 거의 벗어난 열권에 이르고, 100킬로미터 지점을 '대기권의 경계' '우주 경계선'으로 설정하고 있어요. 그래서 이 정도 상공까지 오르면 우주여행을 다녀온 '우주인'이라고 인정해 줍니다. 전 세계 80억 가까운 인구 가운데 우주인은 600명도 되지 않습니다. 비록 비행 시간도 짧았고, 승객을 많이 태우지는 못했지만 어쨌거나 민간인에게도 우주여행의 문이 열렸습니다.

더 높이 더 멀리 더 오래
우주를 유영하다
●

제가 리처드 브랜슨과 제프 베이조스만 얘기하니까 좀 의아하죠? 누군가 빠졌는데? 맞아요. 마땅히 나와야 할 사람이 아직 안 나왔어요. 온라인금융 서비스기업 페이팔, 전기자동차 회사 테슬라, 태양광발전회사 솔라시티, 진공튜브캡슐 고속열차 회사 하이퍼루프, 그리고 민간 우주항공 회사 스페이스X 등을 창업하거나 대표로 있는 일론 머스크입니다. 일론 머스크는 2002년에 스페이스X를 세우고 민간 우주항공 기술을 개발해 왔어요. 일론 머스크는 파격적인 언행으로 호불호가 갈리는 기업인입니다. 그런데 우주항공 분야만큼은 꾸준하게 전력을 기울이고, 또 어느 정도 성과를 내왔습니다.

스페이스X에서 개발한 우주선 크루 드래곤은 2021년 9월에 전문 우주비행사 없이 민간인 네 명을 태우고 우주로 출발했습니다. 신용카드 결제 처리 업체 '시프트4페이먼트' 창업자 재러드 아이잭먼이 모든 여행 비용을 지불했고, 동승자를 선발했어요. 그 결과 아동병원 간호사, 대학교 지질학 강사, 이라크전쟁 참전 용사가 함께 우주여행에 참여했습니다.

스페이스X가 만든 크루 드래곤은 앞선 두 우주선과 격이 좀 달랐어요. 크루 드래곤은 국제우주정거장과 허블우주망원경의 궤도보다 더 높은 575킬로미터까지 올라가서 사흘 동안 지구 궤도를 열다섯 바퀴 돌았습니다. 이 정도 되면 정말 우주여행을 하는 기분이 들겠죠?

이전에 우주여행은 왠지 똑똑하고 특별한 사람들이 우주를 연구하기 위해서 가는 것으로 여겨졌어요. 일반인에게는 아직 사이언스 픽션이었죠. 하지만 이렇게 민간기업이 우주여행 산업에 뛰어들면서 우주여행은 어느 순간 사이언스 팩트가 되었어요. 이제부터 기업들은 안전성을 높이고 비용을 낮추는 기술을 개발해 나갈 거예요. 가까운 미래에 여러분과 저도 지구를 벗어나 우주로 갈 수 있는 날이 분명히 올 거라고 봐요. 그래서 저도 희망이 생겼어요. '돈을 많이 저축해서 우주여행을 가야겠다.' 뭐 이런 얘기를 SNS에 막 쓰기도 했었습니다.

크루 드래곤

달나라로 주말여행 어때?

●

우리가 지구를 벗어나 우주를 여행하면 가장 처음 만나는 천체가 달입니다. 인류는 1969년 7월 20일에 달에 맨 처음 발을 내디뎠어요. 그런데 1972년 12월을 마지막으로 더는 달에 가지 않았어요. 달에 대한 탐사가 어느 정도 끝났고, 굳이 많은 비용을 들여서 달에 가지 않더라도 무인 탐사와 원거리 관측으로 연구가 가능하니까요. 다만 최근에 미국 나사에서는 2024년에 여성 우주비행사로 구성된 달 탐사대를 보내는 아르테미스 계획을 진행 중이에요. 우리나라도 이 프로젝트에 참여하고 있습니다.

그런데 일론 머스크가 여기에 다시 등장합니다. 일론 머스크는 달을 과학연구 대상이 아니라 여행사업 대상으로 재정립했어요. 여행 상품으로서 달나라는 전혀 다른 가치를 지닙니다. 여건만 된다면 누구라도 다녀오고 싶어하니까요. 스페이스X는 우주선에 여덟 명 정도의 승객을 태우고 달을 여행하는 상품을 내놓았습니다. 그러자 일본의 한 기업가가 이 티켓을 몽땅 샀어요. 달 여행 우주선은 2023년에 출발할 계획인데, 티켓을 구입한 일본 기업가는 함께 여행할 지원자를 모집하고 있습니다. 지원 자격은 '창조적인 일을 하는 모든 사람' '어떤 방식으로건 타인과 사회에 도움을 주기 위해 한계를 끌어낼 수 있는 사람' '비슷한 열망을 가진 다른 참가자를 기꺼이 지원할 수 있는 사람'이라고 합니다.

일론 머스크가 달 여행 산업을 선점하려는데 제프 베이조스와 리차드 브랜슨이 가만히 있겠어요? "우리도 달로 갈 거야!" 이러면서 달 여행 계획에 돌입했어요. 세 회사 말고도 비행기를 만드는 보

아폴로 우주인

잉이나 문익스프레스 같은 회사도 달 여행 프로젝트를 진행 중이에요. 이들의 경쟁은 우리에게는 아주 좋은 징조예요. 이들끼리 경쟁하면서 달나라 패키지는 더 다양해지고, 안정성은 높아지고, 가격은 낮아질 테니까요.

태양계의 엘도라도, 소행성

•

이제 달을 지나서 좀 더 먼 태양계로 가 볼까요? 태양계를 여행하다 보면 행성과 위성뿐만 아니라 소행성과 자주 만나게 됩니다. 최근까지 발견된 소행성은 100만 개가 넘는데, 과학자들은 아직까지 발견하지 못한 소행성이 수백만 개가 더 있을 거라고 예측합니다.

특히 화성과 목성 사이의 우주 공간을 비행할 때는 아주 조심해야 합니다. 태양계 소행성의 97퍼센트가량이 화성과 목성의 공전 궤도 사이에 무리 지어 있기 때문입니다. 나머지 소행성은 그 밖의 공간에 흩어져 있고, 그중에 지구 주변을 떠도는 소행성은 2만 7000개쯤 됩니다.

소행성 크기는 지름 10미터가 안 되는 것부터 10킬로미터가 넘는 것도 있습니다. 만약 소행성이 지구와 충돌하면 어떤 일이 일어날까요? 지름 100미터 미만의 작은 소행성은 지구 대기권과 마찰하면서 쪼개지거나 불타 사라져요. 밤하늘을 가로지르는 별똥별은 지구 대기권과 부딪히면서 불타 사라지는 작은 소행성의 마지막 모습입니다.

하지만 덩치가 큰 소행성이라면 이야기가 달라져요. 충돌할 때 생기는 충격과 파편은 말할 것도 없고, 지진과 해일이 일어나고, 먼지 구름이 하늘을 덮어 한동안 빙하기가 이어집니다. 아주 먼 옛날 지구 생명체의 2/3가량이 한꺼번에 멸종되는 사건이 있었는데, 과학자들은 이게 소행성이 지구와 충돌하면서 생긴 현상으로 보고 있습니다.

지난 2015년에 소행성 하나가 지구 근처를 지나갔어요. 지름 1킬로미터 정도 크기의 이 소행성 이름은 '2011 UW-158'. 지구에 가장 가까이 접근한 거리가 240만 킬로미터라고 하니까 제법 멀리 느껴지지만, 지구와 화성 사이보다 가까웠어요. 넓은 우주 공간을 생각해 보면 정말 아슬아슬하게 비켜 간 셈이에요.

그런데 이 소식을 들은 사람들 반응이 좀 이상했습니다. 보통은, "다행이다" "잘됐다" 이래야 하잖아요. 하지만 웬일인지 사람들이, "아깝다" "어느 무인도에 파편이라도 떨어지지"라고 했습니다. 왜 그랬냐면 이 소행성이 백금 덩어리였어요. 지구 기준으로 소행성의 가치가 6000조쯤 됐어요. 그러니 사람들이 관심을 가진 거죠.

이 밖에도 소행성은 희귀한 암석이나 금속으로 이뤄진 경우가 있어요. 과학자 눈으로 보자면 소행성은 우주의 구성 물질과 운행 정보를 담은 메신저 같은 존재예요. 이에 비해 우주 관련 사업을 하는 민간기업가 눈으로 보자면 소행성은 황금의 땅 엘도라도 같은 존재예요. 운이 좋으면 지구 전체에 매장된 양보다 많은 희귀 광물을 한꺼번에 채집할 수 있으니까요.

사실 소행성 채굴 아이디어는 1970년대부터 시작되었지만, 한동안 사이언스 픽션의 영역이었어요. 하지만 2000년대 들어 우주선이 여러 소행성에 착륙해서 표본을 가져오는 데 성공했어요. 이제 소행성 채굴 사업을 준비하는 민간기업이 등장할 차례겠죠?

2012년에 플래니터리 리소시스라는 회사가 창립되었습니다. 이 회사는 소행성에 우주선을 보내서 광물을 채굴하기 위해 준비하고 있어요. 그러면서 자기네 경제권을 태양계로 확대하겠다고 공공연하게 이야기했어요. 이게 그냥 비현실적인 이야기라고 만만하게 볼 사안이 아니에요. 룩셈부르크는 이 회사의 사업성을 높이 사서 정부 차원에서 투자했습니다. 어쩌면 소행성 채굴 사업은 21~22세기에 가장 경쟁력 있는 산업 분야로 떠오를 가능성이 있습니다.

상황이 이렇다 보니 정말로 태양계 소행성 채굴 사업권 같은 이야기도 심심찮게 들려오고 있어요. 소행성 자원을 인류 공공의 자산으로 삼을지, 누군가 채굴권을 독점할지 아직 모릅니다. 소행성 채굴은 아직 사이언스 픽션이지만 민간 영역에서 활발하게 준비를 하고 있습니다. 여러분도 여기에 관심을 기울이고 다양한 정보를 찾아보기 바랍니다.

화성에서 살아남기 프로젝트

●

이제 이번 태양계 여행의 종착지 화성으로 떠나 보겠습니다. 화성은 지구 지름의 1/2 정도이고, 대기권이 아주 얇고 대기는 95퍼센트 이상이 이산화탄소예요. 지표면은 대부분 현무암이고, 산화철 먼지로 뒤덮여 있어서 멀리서 보면 유난히 붉게 빛납니다. 1960년대까지만 해도 사람들은 태양계 행성 배열 위치상 화성에 물이 있고, 생명체도 존재할 거라고 생각했어요. 그래서 화성인이 지구를 침공해 온다는 내용의 소설과 영화도 많이 나왔고요. 화성 사이언스 픽션은 지구와의 거리만큼이나 구체적이고 실감 나게 호기심과 공포가 뒤섞여 있었어요.

미국 나사가 지난 1976년에 최초로 화성에 무인탐사선을 착륙시키는 데 성공한 뒤로 수많은 탐사선이 화성에 갔어요. 덕분에 우리는 화성에는 한때는 물이 있었을 거라고 추정할 수 있게 되었어요. 아직 생명체의 존재를 찾지는 못했지만 여러 관측적 증거들이 화성에 생명체가 존재했거나 존재할 가능성이 있다고 말하고 있습니다. 그 밖에도 여러분이 조금만 관심을 가지면 화성에 대한 최신 과학적 지식을 알 수 있어요.

하지만 아직 뭔가 좀 아쉬워요. 대체 언제쯤 화성에 사람이 갈 수 있을까요? 미국 나사에서는 2030년대 말쯤에 과학자를 태운 우주선을 화성으로 보낼 계획이래요. 화성에 가는 과학 기술을 이미 갖추었으면서 왜 이렇게 준비 기간이 오래 걸릴까요? 지구에서 화성까지 가는 데 6~7개월 걸리고, 한 달 정도 머무르고 다시 돌아오기까지 최소한 500일이 훌쩍 넘어요.

500일 동안 지내려면 가장 기본적으로 발생하는 문제가 있어요. 무엇을 먹고 지내야 할까요? 냉동 포장 음식만 먹고 살 수는 없잖아요. 그래서 국제우주정거장에서 상추 같은 잎채소와 무 같은 덩이 작물을 실험적으로 기르고 있는데, 다행히 결과가 아주 좋다고 해요. 또 〈마션〉이라는 영화를 보면 화성에서 감자를 기르는 장면이 나와요. 이걸 실제로 실현하기 위해서, 화성과 비슷한 토양에 적합한 미생물을 넣고, 감자를 심어서 기르는 실험을 하고 있습니다. 이게 성공하면 씨감자와 미생물을 화성에 가져가서 길러 먹을 수

발사대 이륙하는 미국 화성 탐사 로버 '퍼서비어런스' 탑재 로켓

있겠죠?

먹는 문제는 기본이고, 화성처럼 척박하고 예측 불가능한 고립된 환경에서 생존하려면 수많은 경우의 수를 모두 대비해야 해요. 따라서 준비 기간이 오래 걸릴 수밖에 없습니다.

그러면 민간 차원에서는 어떻게 화성 여행을 준비하고 있을까요? 2012년에 네덜란드 청년 두 명이 '마스 원'이라는 회사를 차렸어요. 이들은 미국 나사보다 먼저 화성에 가겠다고 큰소리쳤어요. 기존에 화성에 보낸 탐사선을 재활용해서 정착촌을 만들고, 2025년부터 사람을 보내서 살게 하겠다는 거예요. 마스 원은 화성에 정착해서 아예 안 돌아오겠다는 조건에 동의하는 사람들을 모집했어요. 여기에 저도 응모했어요. 사실 이분들이 잠깐 인기를 끌기는 했지만 좀 허무맹랑하고 허술했어요. 결국 최근에 파산했다는 소식이 들려왔습니다.

국제우주정거장 냉동 포장 음식

화성 여행 프로젝트에 일론 머스크가 빠질 수 없죠. 스페이스X는 실제로 2018년에 우주 로켓에 일론 머스크가 타던 전기자동차를 실어서 화성을 향해 쏘아 올렸어요. 이 전기자동차 운전석에는 '스타맨'이라는 마네킹이 타고 있답니다. 우주 로켓과 스타맨은 577일마다 한 바퀴씩 태양 주위를 공전하면서, 지금까지 21억 킬로미터 정도를 이동했으며, 최근에는 화성 둘레를 플라이바이하는 데 성공했습니다. 스페이스X는 2026년쯤에 화성으로 사람을 보내고, 나아가 화성에 수만 명이 정착할 수 있는 기지를 세우겠다고 발표했어요. 물론 제프 베이조스와 리처드 브랜슨 회장도 민간 화성 여행과 개발 산업에 뛰어들었고요.

이분들 말대로 정말 민간 차원의 화성 여행이 몇 년 안에 이루어질까요? 이들 민간기업의 화성 여행과 정착 프로젝트가 실현되려면 넘어야 할 문제가 산더미예요. 우주과학을 선도하는 나라들이 국가적 차원에서 지원하는 연구기관도 쩔쩔매고 있는데, 민간기업이 쉽사리 해낸다는 게 말이 안 되죠. 따라서 민간 화성 여행과 정착은 당분간 사이언스 픽션으로 남을 거라고 봐요.

오늘 제가 여러분에게 소개했듯이 우주과학 분야는 최근에 눈부시게 발전했고, 민간기업까지 뛰어들어서 연구 개발하고 있어요. 그에 따라 태양계는 놀랍도록 빠르게 우리 현실과 일상 안으로 들어왔어요. 하지만 태양계의 대부분 공간은 여전히 우리 손에 잡히지 않고 픽션으로 남아 있습니다. 태양계 너머 우주는 말할 것도 없고요.

저는 여러분이 이걸 사이언스 팩트로 바꾸어 주기를 바랍니다. 저도 여러분 나이 때는 우주과학 분야에 실제로 도전할 엄두를 내지 못했어요. 그냥 내가 좋아하는 우주에 대해 계속 관심을 기울이고 여러 정보를 모아서 들여다보았어요. 여러분은 그 시절의 저보다 이미 훨씬 많은 지식과 정보를 알고 있어요. 또 가능성도 훨씬 다양하게 열려 있고요. 그러니 저 넓은 우주로 나아가 멋진 미래를 현실로 만들어 주기 바랍니다.

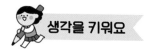
생각을 키워요

Q. 01

우주에 생명체가 살 수 있는 행성이 존재할까요?

과학자들은 오래전부터 우주에서 외계 생명체를 찾고 있어요. 먼저 태양계 안에서는 주로 화성을 대상으로 생명체 탐사가 진행되고 있어요. 최근에는 화성 탐사선 퍼서비어런스호가 굴착기로 땅을 파서 미생물을 찾고 있고요. 태양계 밖에서 생명체를 찾는 노력도 계속되고 있어요. 과학자들은 먼저 지구와 환경이 비슷한 행성을 찾아보았어요. 그러니까 항성과의 적절한 거리, 대기권과 물이 있을 가능성, 지표면을 구성하는 물질 등이 지구와 비슷해야 생명체가 존재할 가능성이 높아지니까요. 그런데 놀랍게도 우리 은하 안에만 조건에 맞는 행성이 500억 개 정도나 있었어요. 만약 그중에서 1퍼센트 행성에 미생물이 존재하고, 또 그중에서 1퍼센트가 다세포 생명체로 진화했다고 치면 500만 개 행성에 다세포 생명체가 살고 있다는 계산이 나와요. 물론 거기에서 지적 생명체로 진화할 확률은 훨씬 떨어지겠지만, 외계인이 있을 가능성은 여전히 높다고 생각해요.

Q. 02

제임스 웹 우주망원경이 최근 우주로 발사됐다고 했는데 제임스 웹 우주망원경이 어떤 우주의 비밀을 풀어줄지 궁금합니다.

크게 두 가지인데 하나는 우주의 기원 찾기예요. 제임스 웹 우주망원경이 저 깊은 심우주에서 138억 년 전에 처음으로 태어난 별과 은하가 보내온 빛을 관측할 수 있을 거라고 기대하고 있어요. 이 관측 데

이터를 분석하면 우주가 탄생하는 순간에 어떤 일이 일어났는지 아주 구체적으로 파악할 수 있겠죠?

다음으로 외계 생명체가 존재하는 행성 찾기예요. 행성은 대기 구성 물질에 따라서 빛의 스펙트럼이 다르게 나타납니다. 따라서 제임스 웹 우주망원경으로 행성을 관측하면 대기 구성 물질이 무엇인지, 생명체가 존재할 만한 환경인지 어느 정도 파악할 수 있어요. 이 밖에도 제임스 웹 우주망원경이 본격적으로 작동하기 시작하면 많은 우주의 비밀을 풀어 줄 거예요. 정말 기대가 큽니다.

Q. 03
앞으로 우주탐사가 진행되면 우주 영토권 문제 같은 게 생기지 않을까요?

1967년에 국제사회는 우주조약을 체결했어요. 남극조약이랑 비슷해요. 우주조약에서는 '어떤 국가도 우주에서 자기 영토를 선언하거나 소유권을 주장할 수 없다'고 규정하고 있어요. 하지만 미국과 룩셈부르크 같은 나라는 아주 교묘하게 우주조약을 피해 가는 법을 만들었어요. 국가 단위가 아닌 개인이나 기업에서 소유권을 주장하는 걸 허용한다는 내용이었어요. 그러다 보니 앞서 소행성 채굴 부분에서 이야기했듯이, 앞으로 채굴권 문제가 생길 수도 있어요. 그리고 미국 나사에서는 누구든지 달에 가서 돌을 가져오면 그걸 구입하겠다고 했어요. 나사는 미국 정부에서 운영하는 국가 기관입니다. 그러니까 국가가 우주 관련 산업에 관여하겠다고 밝힌 셈입니다.

앞으로 우주와 연관된 소유권 문제는 더 심각해질 텐데 이걸 통제할 수 있는 기관이 없어요. 상당히 걱정이 많은 지점입니다. 국제사회가 모여서 이 문제를 진지하게 의논하고 해결책을 찾아야겠습니다.

메타버스,
디지털 세상,
그리고 뇌

장동선

미래 기술의 핵심 키워드, 메타버스
'Meta메타'는 초월 또는 중첩이라는 뜻이고,
'Verse버스는 세계라는 뜻의 Universe유니버스 에서 왔다.

즉, 메타버스는
우리가 지금 살고 있는 물리적 현실 세계와
디지털로 구현된 가상 세계가 중첩되어 있는 세상이다.

FUN&LEARN

PROFILE

장동선

뇌과학 박사. 궁금한뇌연구소 대표. 독일에서 태어나 독일과 한국을 오가며 성장했
다. 독일 콘스탄츠대학교와 미국 럿거스대학교 인지과학연구센터를 오가며 석사를
마친 뒤, 막스플랑크 바이오사이버네틱스연구소와 튀빙겐대학교에서 인간 인지 및
행동 연구로 사회인지신경과학 박사학위를 받았다. 2014년 독일 과학교육부 주관
과학 강연 대회 '사이언스 슬램'에서 우승하여 이름을 알렸고, 독일 공영 방송 NDR,
ZDF 등에서 방영하는 프로그램과, 한국 tvN 〈알쓸신잡〉 시즌2에 출연하면서 뇌과
학자이자 과학 커뮤니케이터로서 입지를 다졌다. 현재 유튜브 채널 〈장동선의 궁금
한 뇌〉에서 뇌와 과학 기술에 대한 흥미로운 이야기들을 펼치고 있다. 《뇌 속에 또 다
른 뇌가 있다》《뇌는 춤추고 싶다》《AI는 세상을 어떻게 바꾸는가》 등의 책이 있다.

뇌가 가상현실을 만날 때

●

저는 오늘 '메타버스, 디지털 세상, 그리고 뇌'라는 주제로 이야기해 보려고 해요. 메타버스와 디지털 세상에 대해서는 요즘 많은 정보가 쏟아져 나오고 있어요. 덕분에 우리에게 제법 친숙한 단어가 되었습니다. 그런데 그게 뇌랑 무슨 연관이 있을까요?

먼저 제 소개를 하면서 이야기를 시작해 볼게요. 저는 기초과학 분야에서 세계적으로 권위를 인정받는 독일 막스플랑크연구소에서 공부하고 연구했습니다. 막스플랑크협회는 80여 개 연구소로 이루어져 있는데, 그중에 저는 독일 남부 도시 튀빙겐에 있는 바이올로지컬 사이버네틱스 연구소에서 지냈어요. 간단히 풀이하자면, '생물학적 인공지능 연구소'쯤 되겠네요.

이 연구소에서 제 첫 번째 연구 분야는 바로 인간의 행동을 연구하는 거였습니다. 여러분은 대부분 저를 처음 볼 텐데요. 여러분의 뇌는 지금 제 움직임·표정·말투·제스처를 보면서, '저 사람은 어떤 사람일 거야' 하고 판단하고 있어요. 우리 뇌는 낯선 사람을 처음 보는 순간, 몇 초 만에 이 사람에 대해 대략적으로 판단해요. 또 누군가 주먹을 쥐고 나에게 다가서면 이 사람이 인사를 하려는 건지 아니면 나를 때리려는 건지 순식간에 판단을 내리죠. 이렇게 인간의 비언어적인 행동 신호를 분석하는 게 첫 번째 연구 분야였어요.

그다음 두 번째로 상대방의 행동을 뇌가 인지하면 뇌 안에서는 어떤 신호들이 바뀔까 연구했고, 마지막 세 번째로 변화하는 뇌 신호를 다 알아낼 수 있다면 이걸 어떤 방법으로 인공지능이나 로봇에게 알려 줄 수 있을까 연구했습니다.

이렇게 인간의 행동과 생리, 그리고 인공지능을 연구했는데요. 이때 연구 과정에서 가상현실과 증강현실을 이용해서 실험하고는 했습니다. 바이올로지컬 사이버네틱스 연구소에는 아주 큰 건물이 하나 있는데, 이곳은 최첨단 기술, 가상현실, 증강현실, 그리고 여러 종류의 로봇을 연구하는 공간으로 채워져 있어요.

예를 들어서 이 건물에는 연구소가 있던 튀빙겐 도시를 3D로 옮겨 놓고, 이를 3D로 그대로 구현해 놓은 가상현실 공간이 있어요. 과학자들은 사람들이 이 가상 공간에서 어떻게 길을 찾는지, 어떻게 건물과 사물을 기억하는지 연구했습니다. 이와 비슷한 종류의 연구를 통해서 사람의 뇌 속에 장소 세포, 그러니까 일종의 GPS 시스템이 있다는 사실이 발견되기도 했지요. 내가 여기에 있을 때 활성화되는 장소 세포, 내가 옆으로 옮겨 갈 때 활성화되는 장소 세포가 각각 있는 거예요. 2014년에 노벨 생리 의학상을 받은 존 오카프 교수와 모세르-마이브리트 모세르 교수 부부도 가상현실을 활발히 활용해서 연구했습니다.

가상현실을 적용한 실험 사례를 또 하나 들어볼까요? 바르셀로나 대학교의 멜 슬레이터 교수는 가상 공간에 미로를 만들어 놓고 실험자에게 출구를 찾아가 보라고 요청했어요. 실험자는 가상현실 속 미로에서 때때로 또 다른 가상의 사람(아바타)과 만나게 됩니다. 실험자는 이 가상의 인물과 말을 할 수는 없지만, 같이 힘을 모아서 길을 찾기도 하거든요. 그런데 실험자가 만난 가상의 인물은 사람이 아니라 사실 쥐예요. 멜 슬레이터 교수는 똑같은 가상 공간을 하나 더 만들어서 쥐를 넣고 실험했어요. 그러고는 쥐의 아바타는 사람으로, 사람의 아바타는 쥐로 재현해서 상대방에게 보여 준 거지요.

가상 공간 미로 실험 장면

그랬더니 가상 미로 공간에서, 쥐는 사람을 다른 쥐라고 생각하고, 사람은 쥐를 다른 사람이라고 생각하면서 반응하고 행동했던 겁니다. 이처럼 멜 슬레이터 교수는 가상현실을 이용해서 서로 다른 종이 어떻게 함께 출구를 찾아가는지 연구했답니다.

가상현실을 이용한 연구를 하나만 더 소개할까요? 쿠카라는 기업에서 만든 로봇 팔인데요. 로봇 팔 위에 매달려 있는 게 헬리콥터 시뮬레이터입니다. 조종사가 저 장치에 타면 실제로 헬리콥터를 조종하는 것처럼 가상현실을 만들어 놓았어요. 헬리콥터를 조종하려면 X, Y, Z 축, 즉 위·아래·좌·우를 동시에 균형 잡아야 해서 무척 어렵대요. 만약 이걸 2D 평면 화면으로 배우면 실제로 균형 잡는 걸 배우기가 어렵잖아요. 실제 공간에서 나는 드론의 속도와 물리적 움직임을 로봇팔이 실시간으로 전해주는 형태의 헬리콥터 시뮬레이터입니다. 마치 내가 정말로 헬리콥터를 타는 것처럼 체감하면서

쿠카 로봇팔과 결합된 헬리콥터 시뮬레이터

도 안전하게 배울 수 있습니다.

이렇듯 뇌과학과 인공지능 분야는 가상현실, 메타버스 세상과 아주 긴밀하게 연결되어 있어요. 물론 저도 여기에 많은 관심이 있고요. 저는 2017년에 우리나라에 돌아와서 국내 대기업과 연구소에서 일했고, 지금은 '궁금한뇌연구소' 대표로 일하고 있습니다.

예전에도 지금도 저의 한결같은 관심은, '인간의 뇌와 기계와 새로운 기술의 상호작용이 우리 미래를 어떻게 바꿀 것인가'에 있어요. 나아가 저는 더 많은 사람들이 미래 기술들에 대해서 호기심을 가지고 알아 갔으면 좋겠어요. 그래서 '장동선의 궁금한 뇌'라는 유튜브 채널을 운영하고, 책도 쓰고, 강연도 하면서 사람들과 만나고 있습니다.

뇌의 오래된 미래, 메타버스

●

이제 메타버스 이야기를 해볼까요? 앞서 보았듯이, 메타버스는 사이버네틱스 연구 분야에서 50년 전부터 그려 오던 세상입니다. 사이버네틱스의 어원은 뱃사공을 뜻하는 그리스어 '키베르네티코스'입니다. 인간의 뇌가 어떻게 마치 뱃사공이 배를 조종하듯이 몸을 조종하는지, 뇌가 생각만으로 드론이나 로봇을 조종할 수 있을지, 그리고 사람과 기계가 상호작용할 수 있을지, 이런 걸 연구하는 게 사이버네틱스입니다.

사이버네틱스는 온라인과 오프라인이 공존하는 세상을 오래전부터 꿈꿔 왔습니다. 사이버네틱스를 연구하는 과학자들만 그런 게 아닙니다. 1980년에 독일 《슈피겔》지에서 당대 최고의 철학자인 마틴 하이데거를 인터뷰하면서, "미래에는 철학을 무엇이 대체하게 될까요?" 하고 물었습니다. 그러자 하이데거는 한 치의 망설임도 없이, "사이버네틱스"라고 대답했습니다. 사이버네틱스가 미래사회의 변화와 흐름을 이끌어 간다고 예측한 거죠.

사실 사이버네틱스와 메타버스 기술이 처음 소개되던 초기에는 비과학적인 공상과 허구가 뒤섞이곤 했어요. 사람들은 마치 돌팔이 약장수가 가짜 만병통치약을 팔 듯이 허풍을 떨기도 했어요. 사이버네틱스 세상이 당장 내일이라도 열리고, 어떤 알약을 먹으면 뇌가 온라인에 연결되고, 영원한 사이버 생명을 얻고, 소설 속 픽션이 모두 실현 가능해진다고 떠든 거죠.

심지어 몇몇 정치 권력자도 사이버네틱스 세상을 만들려고 했어요. 당시 소련에서는 공장 근로자, 군인, 사상이 다른 사람 등을 사이버네틱스로 조종해서 통제하려고 시도했어요. 또 칠레에서는 IBM 컴퓨터 수천 대를 사서 모든 경제활동을 실시간으로 데이터로 만들고 국가 운영을 사이버화하려는 실험도 이루어졌어요. 물론 이 모든 실험은 실패했었어요. 왜냐하면 그 당시에는 기술이 받쳐 주지 못하기도 했고, 애초에 사이버네틱스에 대한 인식이 잘못되었기 때문이에요. 실망한 사람들은, "이거 사기 아니야?" "사이버네틱스 분야는 이제 끝났어" 하면서 관심이 멀어졌습니다. 이 시기는 AI의 겨울이라고 불리는 인공지능 연구의 침체기와도 일부 겹칩니다.

하지만 이 시기에 엔지니어와 과학자들은 로봇·컴퓨터 사이언스·AI 분야의 기술을 묵묵히 연구해서 성과를 쌓아 갔어요. 이들의 오랜 노력 끝에, 사이버네틱스가 상상하던 세상은 오늘날 메타버스라는 이름으로 현실이 되고 있습니다. 메타버스 세상에서 일어날 변화는 사이버네틱스 연구자들이 이미 오래전에 제시했던 가설에서 출발한답니다. 제가 공부한 뇌과학의 관점에서 메타버스가 무엇인지, 또 미래사회가 어떤 모습일지 한번 풀어가 보겠습니다.

뇌는 실재현실과 가상현실을
구분하지 못한다

•

메타버스는 '메타'와 '버스'가 합쳐진 단어인데요. 메타meta는 초월이라는 뜻이고, 버스는 유니버스universe의 줄임말로, 우리가 살고 있는 물리적인 세계를 뜻합니다. 그러니까 메타버스는 '물리적인 세계 위에 중첩되어 나타나는 디지털·온라인 세상'을 말합니다.

메타버스는 우리 현실에 어떻게 구체적으로 다가올까요? 우리는 메타버스를 어떻게 활용할 수 있을까요? 미국의 미래가속화연구재단은 2007년에 이 궁금증을 해결할 네 가지 단서를 제시했습니다. 가상현실, 증강현실, 거울세계, 그리고 라이프로깅입니다.

이 가운데 '가상현실'은 우리에게 가장 익숙한 개념이에요. 요즘 가상현실을 기반으로 한 〈로블록스〉〈제페토〉〈포트나이트〉 같은 다양한 게임이 쏟아져 나오고 있어요. 그래서인지 사람들은 이 게임들에서 구현한 세계가 마치 메타버스의 전부인 것처럼 생각합니다. 하지만 가상현실은 메타버스를 구성하고 있는 하나의 요소일 뿐이에요. 사실 가상현실이라는 측면에서만 보자면 기존 〈월드 오브 워크래프트〉〈리그 오브 레전드〉〈리니지〉〈배틀 그라운드〉 같은 게임도 가상현실을 기반으로 하고 있어요. 다만 이런 온라인게임에서 유저는 게임 회사가 만든 틀 안에서만 움직일 수 있죠. 이에 비해 〈로블록스〉〈제페토〉〈포트나이트〉 게임에서 유저는 상대적으로 자유롭게 새로운 세계를 만들 수 있어요. 가상현실을 기반으로 유저가 스스로 선택하고 결정하고 창조할 수 있기 때문에 메타버스 게임이라고 보는 거죠. 유저들의 상호운영성interopernility, 그리고 동시성, 예측불가성과 같은 요인들이 추가되어 있습니다.

그렇다면 뇌의 입장에서 가상현실은 뭘까요? 뇌과학자가 보기에 이 게임들뿐만 아니라 우리가 살아가고 있는 실재 세상도 어떤 의미에서는 가상현실입니다. 왜냐하면 우리가 보고 있는 모든 사물은, 사물에 부딪힌 빛의 파장이 망막에 전달되고 망막에서 전기신호로 바꾸어서 시신경을 통해서 뇌로 전달되죠. 우리가 듣는 소리는 공기의 떨림이고, 공기의 떨림이 고막으로 전달되고, 전기신호로 변환되어 뇌 신경으로 전달됩니다. 결과적으로 우리 뇌는 바깥 세상의 정보를 모두 전기신호로 받아들이죠.

만약 그 전기신호를 완전히 똑같이 흉내 내서 뇌에 보낸다면 뇌는 어떻게 반응할까요? 가짜 전기신호(가상현실)와 진짜 전기신호(실재 세상)를 구분할 수 있을까요? 진짜 현실도 가상현실도 뇌 안에서는 전기신호로만 보이기 때문에 우리 뇌는 두 가지를 구분할 수 없어요. 이 논리에 따르면 온라인게임뿐만 아니라 보드게임을 할 때도 내가 그 보드게임 안에서 일어나고 있는 상황을 생생하게 상상할 수 있으면 이것도 일종의 가상현실이에요. 마찬가지로 《해리포터》를 읽으면서 소설 속 상황과 등장인물을 머릿속에 생생하게 떠올린다면 뇌 안에서는 실재현실을 보는 듯한 반응이 일어나요. 우리 뇌는 실재 사람을 떠올릴 때와 내가 좋아하는 소설 속 인물을 상상할 때의 신호 차이를 구분하기 어렵답니다. 소설 속 주인공과 실존하는 인물에 대해 똑같은 감정을 느끼는 거죠.

최근에 메타버스 세계를 구현하기 위해 엄청난 비용을 들여서 새로운 기술을 개발하고 있는데, 뇌과학자가 보기에 우리 뇌 안에서는 이미 가상현실과 메타버스가 실현되고 있는 셈이에요. 우리가 매일 밤 꿈을 꿀 때도, 소설을 읽을 때도, 어떤 상상을 할 때도 이미 뇌 안에 가상현실 무대가 펼쳐지는 거죠.

뇌는 스토리텔링을 통해서 세상과 타인을 이해하고 받아들인다

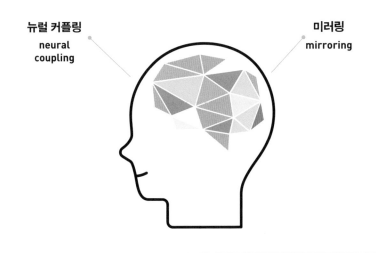

뉴럴 커플링
neural
coupling

미러링
mirroring

가상현실이라는 주제를 좀 더 근본적으로 들여다보면 인간 고유의 정체성과도 맞닿아 있어요. 세계적인 석학 유발 하라리는 《사피엔스》에서 인간호모 사피엔스은 픽션을 만들어 내는 능력 때문에 생존

경쟁에서 생존하고 오늘날처럼 문명을 이뤄 냈다고 주장해요. 허구를 상상하는 능력, 이걸 좀 쉽게 풀어 볼까요?

한반도의 고대 역사를 이야기할 때 단군 신화를 빼놓을 수 없지요. 곰이 동굴 안에서 쑥을 먹고 사람이 되어 환웅과 혼인해서 단군을 낳았고, 단군은 고조선을 다스렸다는 내용이에요. 우리는 단군 신화를 통해 우리가 하나의 뿌리를 가진 민족이라고 믿어요. 단군 신화에서 이야기하는 내용이 실제로 일어났을까요? 우리가 직접 보지는 못했지만, 현대의 기준으로 보자면 많은 내용이 허구로 꾸며졌어요. 하지만 고대 사람들은 허구를 창조하고, 한 발 더 나아가 이걸 실재처럼 상상하고 믿었어요. 그게 호모 사피엔스의 고유한 능력이었으니까요. 단군 신화를 믿는 집단은 강력한 하나의 공동체를 이루었고, 다른 부족과 전쟁을 치러도 두려울 게 없었어요. 자신들이 하늘나라의 보살핌을 받고 있다고 믿었으니까요. 단군 신화는 오랜 시간을 지나며 한반도 국가와 민족의 고유한 아이덴티티가 되었습니다.

단군 신화뿐만 아니고, 세계의 대부분 민족과 국가에는 이처럼 상상력으로 만들어 낸 허구가 뿌리내려서 아이덴티티를 이루고 있습니다. 호모 사피엔스가 허구를 상상할 능력이 없었다면, 신화뿐만 아니라 정치도 종교도 문명도 없었을 거예요. 상상할 수 있는 능력, 그 상상에 실재하는 현실처럼 그럴싸한 스토리를 입히는 능력, 우리 뇌는 이미 가상현실 시스템을 갖추고 구현하고 있는 셈입니다.

실재현실에 가상현실을 덧씌운
증강현실

●

　메타버스의 두 번째 요소인 증강현실이 뭘까요? 증강현실은 가상현실을 실재 세상 위에 덮어씌운 형태를 말합니다. 증강현실에서 우리는 실재현실과 가상현실을 동시에 경험할 수 있습니다. 증강현실을 경험할 수 있는 대표적인 게임이 〈포켓몬 고〉입니다. 〈포켓몬 고〉에서 유저는 스마트폰으로 실재현실과 오버랩되어 나타나는 가상의 캐릭터를 동시에 경험합니다. 〈포켓몬 고〉는 엄청나게 인기를 끌었고, 2019년에 후속 게임도 나왔습니다. 이 후속작은 유저가 전 세계 도시를 여행하면서 미션을 완수하도록 프로그램됐어요. 하지만 코로나 팬데믹으로 오랫동안 하늘길이 닫히면서 이 증강현실 게임 서버는 아쉽게도 문을 닫고 말았습니다.

　또 다른 증강현실 게임으로 〈레알팜〉도 있어요. 〈동물의 숲〉〈스타듀 밸리〉 같은 농장 경영 게임 꽤 해보셨을 거예요. 〈레알팜〉도 채소를 키우면서 레벌업하는 게임이에요. 그런데 놀랍게도 내가 가상현실에서 키운 채소가 정말로 집으로 배달되어 와요. 그러니까 게임 회사는 현실의 농장과 연계해서, 게임 유저가 레벌업하면서 캐릭터를 키우면 진짜 채소와 과일이 유저의 집으로 배달되게끔 시스템을 갖춘 거죠. 가상현실과 실재현실을 연결한 멋진 증강현실 사례입니다.

　어쩌면 미래에는 게임 유저가 농부를 대신해서 현실의 농장 작물을 재배하는 날이 올지도 몰라요. 원격으로 물도 주고 양분도 주면서 말이에요. 이런 기술은 '디지털 트윈 기술'과 맞닿아 있기도 해요. 디지털 세상에서 일어나는 업데이트와 실제 세상에서 일어나는 일이 실시간으로 연동될 때 말이죠. 이 증강현실 기술은 메타버스를 이루는 중요한 요소입니다.

거울 신경 세포가 반영한 거울세계

●

세 번째 요소인 거울세계도 우리가 이미 이용하고 있는 메타버스입니다. 디지털 세상의 내비게이션이나 지도 앱은 현실 세상의 모든 도로와 건물과 랜드마크를 그대로 반영해서 담아 놓았어요. 우리는 이 앱을 이용해서 길을 찾아가고, 방 안에 앉아서 세계 곳곳을 여행하기도 합니다. 이처럼 실재 세상을 거울처럼 고스란히 반영해서 보여 주는 온라인 세상이 바로 거울 세상입니다.

흥미로운 건, 인간의 뇌에도 거울 신경 세포가 있다는 사실입니다. 예를 들어 누군가 바나나를 잡는 걸 내가 봤다고 해볼까요? 나는 그 사람의 행위를 보기만 했을 뿐인데, 마치 내가 바나나를 잡았을 때처럼 뇌의 운동 영역이 활성화됩니다. 사실 거울 신경 세포는 원숭이 실험을 통해서 처음 찾아냈어요. 한 원숭이가 바나나를 잡아요. 그러면 근육을 움직여서 운동하는 거니까 당연히 뇌의 운동 신경이 활성화되죠. 그런데 다른 원숭이가 바나나를 잡는 걸 볼 때도 시각 신경뿐만 아니라 마치 직접 바나나를 잡을 때처럼 운동 영역 세포가 활성화되었어요. 누군가의 행동을 보면서 내가 실제로 행동하듯 반응하는 뇌 신경 세포에 '거울 신경 세포'라는 이름이 붙었습니다.

메타버스의 거울세계 요소를 활용한 지도 앱

신경 세포는 바나나를 직접 잡을 때만 활성화되는 게 아니라 누가 잡고 있는 것을 볼 때도 활성화된다.

인간의 뇌 속에는 이미 거울 신경 세포가 존재하고, 우리는 이를 활용해서 실재 세상을 뇌 안에서도 시뮬레이션하고 있지요. 온라인 속에 만들어 놓은 거울세계에 우리가 익숙하게 적응하고 사용할 수 있는 이유도 이 때문이 아닐까요? 이처럼 메타버스 세상은 우리 뇌의 작동 방식과 아주 비슷한 점이 많아요. 우리 뇌 안에 이미 메타버스를 구현할 수 있는 시스템이 있는 거죠.

디지털 세상에서 나의 고유한 아이덴티티,
휴먼 디지털 페놈

●

마지막 네 번째 요소는 라이프로깅입니다. '라이프로깅'이란 우리가 각자의 일상생활과 생각을 온라인에 올리는 것을 말해요. 예를 들어 제가 오늘 이곳에서 강연하고, '나 여기 왔다 갔어요' 하고 인스타·브이로그·틱톡·유튜브에 업로드하면 그게 일종의 스냅샷이 되어 라이프로깅됩니다. 내가 직접 온라인에 기록하지 않아도, 강연을 듣는 여러분이 인증샷을 올리면 여러분의 라이프로깅뿐만 아니라 저의 일상도 자연스럽게 라이프로깅되겠죠. 제가 손목에 웨어러블을 차고 있는데, 이 웨어러블은 나의 심박수와 스트레스 상태와 걸음걸이와 수면 시간 등을 앱에 업로드해 줘요. 이 웨어러블도 일종의 라이프로깅이라고 볼 수 있습니다.

이 모든 라이프로깅 데이터는 한 사람에 대한 디지털 정보를 방대하고 세밀하게 보여 줘요. 이 데이터를 기반으로, 우리는 어떤 사람을 직접 만나지 않아도 그 사람의 성격과 취미와 관심사를 예측할 수 있습니다. 제 걸음걸이와 제스처와 말투만으로 인공지능 알고리즘이 '아, 저건 장동선 박사다' 하고 식별해 내는 거죠. 이 데이터를 어떤 기업이 가지고 있다면, 이 사람이 어떤 취향을 가지고 있고 앞으로 어떤 신제품을 선택하게 될지 정확하게 예측할 수 있겠죠? 그래서 모든 기업들은 더 방대한 디지털 데이터를 수집해 사람들을 더 정확하게 예측할 수 있기 위해 힘을 쏟고 있습니다.

라이프로깅 데이터는 '페놈'이라는 개념으로도 이야기할 수 있어요. 여러분은 과학 시간에 유전자에 대해 배웠을 거예요. 유전자 정보의 총합을 '게놈'이라고 하고, 인간을 구성하는 게놈을 디코딩해서 유전자 지도를 완성하려는 휴먼 게놈 프로젝트가 진행되었죠. 휴먼 게놈 프로젝트는 인간의 타고난 유전적 특성을 밝히는 큰 성과를 거뒀어요.

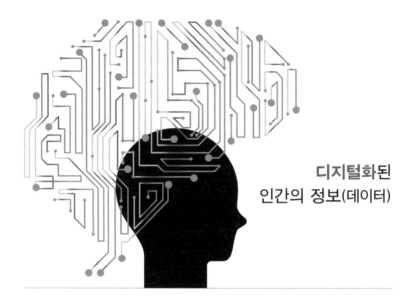

**디지털화된
인간의 정보(데이터)**

하지만 게놈 프로젝트에서 다룬 유전형 유전자genotype만으로는 한 생명체나 사람을 정확하게 분석하는 데 한계가 있어요. 예를 들어 어머니가 금발, 아버지가 흑발이면 나는 두 가지 유전자를 가지고 있지만 머리 색깔은 이 가운데 하나로 나타나잖아요. 이처럼 인간을 비롯한 모든 생명체가 환경과 조건과 형질에 따라 활성화되는 유전자를 표현형 유전자phenotype라고 해요. 페노타입은 제노타입 못지않게 한 개체의 고유한 정체성을 나타내는 데 중요한 역할을 합니다.

디지털 세상에서 우리의 표현형은 라이프로깅을 통해서 데이터로 남겨집니다. 내가 어떤 환경과 상황에서 어떤 선택을 하는지에 따라 표현된 모든 데이터를 디지털화한 게 바로 휴먼 디지털 페놈이에요. 휴먼 디지털 페놈에는 내가 짜장면을 좋아하는지 짬뽕을 좋아하는지, 내가 산을 좋아하는지 바다를 좋아하는지, 나의 취향과 선택과 행동이 모두 기록되어 있습니다. 페놈 데이터를 분석하면 내가 앞으로 어떤 상황에서 어떤 행동을 할지 예측할 수 있어요. 휴먼 디지털 페놈은 메타버스 세상에서는 가치가 더욱 높아질 게 틀림없습니다.

메타버스는 아직 시작되지 않았다

●

지금까지 미국 미래가속화연구재단에서 2007년에 정의한 메타버스를 구성하는 네 가지 요소, 즉 가상현실, 증강현실, 거울세계, 라이프로깅에 대해 알아보았어요. 그런데 오늘날 시점에서는 여기에서 조금 더 나아가야 합니다. 그사이 메타버스는 놀랍게 발전해서 다음 세대의 인터넷으로 도약하고 있으며, 우리는 기존 컴퓨터와 전혀 다른 기기를 이용해서 메타버스 세상과 접촉할 거예요.

우리는 지난 수십 년 동안 인류 역사 이래 가장 놀라운 기술 혁신을 두 번이나 경험했습니다. 첫 번째 혁신은 국가 기관과 연구소에서 사용하던 컴퓨터가 1980년대에 각 가정에 보급된 거예요. 퍼스널컴퓨터를 기반으로 한 인터넷이 탄생하면서 온라인 세상이 시작되었어요. 랜선만 깔면 집에서 인터넷에 접속해서 모든 정보를 얻을 수 있었습니다. IBM·애플·마이크로소프트 같은 기업이 세계적으로 성장했고, 지금 우리가 알고 있는 실리콘밸리의 대부분 IT 기업도 이때 조그만 구멍가게로 문을 열었습니다.

첫 번째 혁신이 PC와 인터넷이라면, 두 번째 혁신은 스티브 잡스가 2007년도에 들고 나온 아이폰이었어요. 많은 사람이 처음에 아이폰을 굉장히 무시했습니다. "그걸 어디다 쓰니?" "이미 핸드폰도 있고 사진기도 다 있는데 무슨 쓸모가 있어?" 하지만 그해에 100만 대가 넘게 팔리고, 2010년에는 전 세계 사람들이 스마트폰을 쓰게 되었어요. 여기에서 두 번째 혁신이 일어났습니다. 우리는 스마트폰으로 언제 어디서나 인터넷에 접속할 수 있고, 앱을 다운받아서 기본적인 의식주부터 개인의 독특한 취미 생활까지 대부분 해결할 수 있어요.

그리고 지금 1차, 2차 혁신에 이어 정말 엄청난 변화가 시작되

〔그래프〕 인터넷의 발달 과정

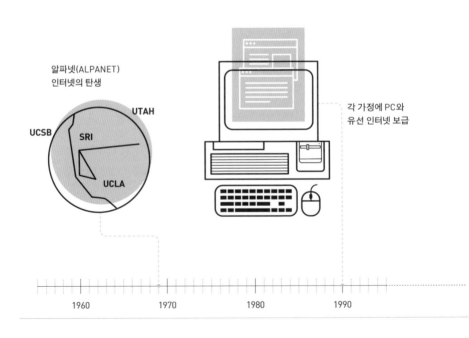

알파넷(ALPANET)
인터넷의 탄생

UTAH

UCSB   SRI

UCLA

각 가정에 PC와
유선 인터넷 보급

1960   1970   1980   1990

고 있어요. 바로 세 번째 혁신, 메타버스 세상이 열리고 있는 거죠. 지금 열리고 있는 메타버스 세상을 한 문장으로 표현하면 "Next Level(다음 단계의) 인터넷"입니다. 우리는 하루 종일 스마트폰을 사용하는데, 이게 좀 아쉬운 점이 있잖아요. 어깨 불편하고 손 아프고 목 결리고. 손에 들고 다니면서 열어 보는 스마트폰은 이제 곧 훨씬 다양한 기능과 정보를 담은 안경이나 헤드셋으로 대체될 거예요. 안경이나 헤드셋을 쓰면 내가 필요로 하는 데이터가 알고리즘을 통해 눈앞에 나타나고, 나는 손짓만으로 또는 머릿속에 떠올리는 것만으로 필요한 정보를 얻을 수 있습니다.

그런 의미에서 진짜 메타버스는 아직 안 왔습니다. 새로운 하드웨

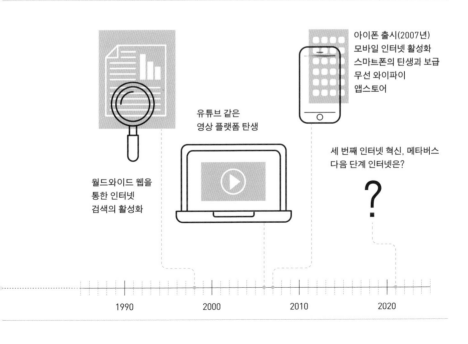

월드와이드 웹을
통한 인터넷
검색의 활성화

유튜브 같은
영상 플랫폼 탄생

아이폰 출시(2007년)
모바일 인터넷 활성화
스마트폰의 탄생과 보급
무선 와이파이
앱스토어

세 번째 인터넷 혁신, 메타버스
다음 단계 인터넷은?

?

1990   2000   2010   2020

어 기기가 개발되고 널리 보급되어 메타버스를 제대로 구현하기까지는 2년, 4년, 일부 리포트에서는 8년까지도 걸릴 거라고 해요. 그러니까 우리가 경험하고 있는 〈제페토〉〈디센트럴랜드〉〈이프랜드〉 같은 프로그램은 메타버스의 걸음마 단계라고 볼 수 있어요.

하드웨어 기기의 혁신이 이루어지면 진짜 메타버스 세상이 열리는데, 그게 아마 청소년 여러분이 대학교에 들어갈 때쯤일 거고, 그러면 여러분에게는 엄청난 기회가 열릴 거예요. 앞선 1단계 2단계 혁신 때도 사람들은 처음에 그게 어떤 변화를 가져올지 잘 몰랐어요. 인터넷이 처음 보급되었을 때도 정보를 효과적으로 사용하는 방법은커녕 웹 브라우저에 어떻게 접근하는지도 알지 못했어요.

그런데 대다수가 인터넷에 낯설어하던 시기에 인터넷이 변화시킬 미래사회를 앞서서 예측했던 사람들이 있어요. 예를 들어 일론 머스크와 피터 틸은, '인터넷 세상이 열리는구나. 그럼 모두가 인터넷에서 물건을 사고팔 텐데 그러면 온라인결제 시스템이 필요하겠구나' 이런 생각으로 페이팔이라는 회사를 만들었어요. 그러고는 페이팔 회사를 팔아서 큰 이익을 남겼고 그걸 기반으로 스페이스X와 테슬라를 창업한 겁니다.

미래를 과감하게 예측하고 선점하지 않으면 늦을 수밖에 없어요. 사실 메타버스 세상을 선점하기 위한 싸움은 이미 시작됐어요. 페이스북 창업자 마크 주커버그는 메타버스에 대해, "단순한 가상현실이 아니라 모든 플랫폼에서 액세스할 수 있다" "산업 전반에 걸친 비전이며 모바일 인터넷의 후계자다"라고 평가하면서, 회사 이름까지 '메타'로 바꾸고 메타버스 관련 사업에 온 힘을 쏟아부었어요.

메타는 가상현실 게임에 최적화된 기기를 개발해서 2019년부터 헤드셋과 선글라스가 결합된 오큘러스 퀘스트 시리즈를 출시했어요. 2020년에 10월에 출시된 오큘러스 퀘스트2는 1년이 좀 넘는 시간 안에 600만 대가 팔렸어요. 스티브 잡스의 아이폰이 첫해에 100만 대가 팔리고, 2년째에 1000만 대가 넘게 팔렸는데, 오큘러스 퀘스트2는 그보다 빠른 거죠.

또 메타는 'CTRL-랩'이라는 회사를 인수했어요. CTRL-랩은 신경세포의 신호를 읽는 웨어러블을 통해 생각만으로 컴퓨터를 조종하는 기술을 연구해 온 회사예요. 이 회사를 창업한 사람은 토마스 리어던 박사예요. 이분이 원래 마이크로소프트에서 인터넷 익스플로러 개발 총괄팀장이었어요. 익스플로러가 성공하고 나서 30대에 퇴사해서 다시 뇌과학 분야를 공부해서 박사 학위까지 받았어요. 그리고 이 전문지식을 바탕으로 CTRL-랩을 세워서 웨어러블을 개발한 거랍니다. 뇌의 신호를 해석할 수 있는 웨어러블이 만들어지면 어떤 일이 일어날까요? 키보드가 없어도 타이핑할 수 있고, 마우스가 없어도 서핑할 수 있고, 모든 IOT 기기도 마음대로 켰다 껐다 할 수 있어요. 나아가 자율주행자동차나 로봇이나 드론도 내 생각대로 조종할 수 있어요.

이 밖에도 메타는 최근에 이탈리아의 유명한 선글라스 회사와 손잡고 레이벤 스토리즈라는 선글라스도 내놓았어요. 레이벤 스토리즈를 쓰면 내가 보고 있는 대상을 사진이나 30초짜리 동영상으로 찍어서 SNS에 올릴 수 있어요.

메타가 불러일으킨 메타버스 신드롬에 다른 IT 기업들도 경쟁적으로 여기에 뛰어들었어요. 전 세계 시가총액 10대 기업 중에 여덟 군데가 메타버스 관련 사업에 뛰어들었습니다. 거기에 애플도 빠질

오큘러스 퀘스트(맨 위 첫 번째), 스마트 선글라스를 착용한 마크 저커버그(맨 위 두 번째), 오큘러스 퀘스트 착용(가운데), 마이크로 소프트 홀로 렌즈를 착용하고 보는 세상(마지막)

수 없죠. 애플은 실제로 사물을 보는 상태에서 그래픽이 겹쳐 보이는 안경을 개발 중이에요. 이 안경은 주변 환경에 따라 우리 눈에 가장 편안한 그래픽을 보여주고, 또 내 손의 움직임을 감지해서 그래픽을 변환할 수 있을 거라고 합니다.

또 마이크로소프트는 윈도 홀로그래픽 기술을 이용한 홀로렌즈를 세상에 내놓았어요. 홀로렌즈는 화면에 실재 개체를 스캔한 3D 이미지를 보여주고 이를 자유롭게 조작할 수 있는 혼합현실 기술을 구현하고 있어요. 다만 홀로렌즈와 상호작용해서 구현되는 앱이 아직 제한적이어서 다음 단계의 기술을 연구하고 있죠. 홀로렌즈2는 우선 기업을 대상으로 출시될 예정이며 현재 삼성전자와 협업해서 다음 모델을 구상 중이라고 합니다.

상상력으로
메타버스 세상을 물들이자

●

앞서 소개한 기술은 걸음마 수준이에요. 더 먼 미래에는 우리의 상상을 뛰어넘어 훨씬 자유롭고 다양하게 메타버스 세상과 상호작용할 수 있을 거예요. 우리가 지금 사용하고 있는 스마트폰이 조만간 넥스트 디바이스로 넘어가면 진짜 메타버스 세상이 시작될 거예요. 따라서 지금부터 여러분의 상상력이 굉장히 중요해집니다. 앱 스토어가 처음 나왔을 때 많은 개발자들이 새로운 앱을 만들어서 거기 올렸어요. 결국에는 멋진 상상력과 기술을 기반으로 한 앱이 사람들의 마음을 사로잡았어요. 새롭게 열리는 메타버스 세상에서 어떤 기술이 필요할지, 우리가 어떻게 상호작용하게 될지는, 미래를 상상하고 기술을 만들어 내는 사람들의 몫입니다.

제 이야기를 마무리하면서, 세 가지 질문을 여러분이 늘 가슴에 새기기를 바랍니다. 첫째, 누가 이 메타버스 세상의 판을 짤 것인가? 누가 이 세상을 지배할 것인가. 여기에는 두 가지 시나리오가 있습니다. 하나는 국가나 기업이 완벽하게 통제 시스템을 구축해서 권력을 독점하는 중앙화가 강해지는 방향으로 가는 시나리오입니다. 반대로 다른 하나는 개개인의 아이덴티티와 활동 범위가 넓어지는 탈중앙화의 방향으로 가는 시나리오입니다. 두 시나리오 중 어느 쪽이 더 강하게 실현될지는 알 수 없습니다.

둘째, 메타버스 세상이 현실 세계를 황폐하게 만들까요, 아니면 풍성하고 아름답게 만들까요? 여러분도 미래사회를 디스토피아로 설정한 SF 소설이나 영화를 많이 보셨죠? 지구 환경이 파괴되고 사회 시스템이 무너진 암울한 세상 속에서 사람들은 고통을 잊기 위해 가상현실로 도피하곤 해요. 이게 우리가 원하는 미래는 아닐 겁니다. 그러면 실재 세상의 미래 모습은 어떠해야 하고, 또 메타버스는 어떤 역할을 해야 할까도 고민해 봐야 합니다.

셋째, 모든 사람이 메타버스 세상을 공평하게 이용할 수 있을까요, 아니면 누군가 소외될까요? 아주 단순하게 생각해 봐도 모든 사람이 메타버스 관련 하드웨어를 구매할 형편이 아니잖아요. 그러면 메타버스를 둘러싼 불평등과 차별이 생겨날 텐데, 이걸 어떻게 해결할 수 있을까요? 디지털 격차를 해소하는 건 아주 중요합니다. 이 문제는 정부가 공공 영역 차원에서 주도적으로 고민해야 한다고 생각합니다.

메타버스 세상이 정확히 어떤 미래를 열어줄지 아직은 예측할 수 없어요. 미국의 미래학자 엘런 K는, "미래를 예측하는 가장 좋은 방법은 그 미래를 만들어 내는 것이다"고 이야기했어요. 결국 어떤 미래를 만들어 낼지는 여러분의 몫이라고 생각합니다. 제가 보여 드린 미래 시나리오는 그렇게 갈 수도 있고 그렇게 되지 않을 수도 있습니다. 다만 현재 시점에서 이러한 변화가 일어나고 있다는 사실은 분명합니다. 여러분이 이 메타버스 안에서 어떤 세상을 만들지 저는 많은 기대가 됩니다. 미래는 여러분의 손안에 있습니다.

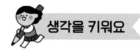
생각을 키워요

Q. 01

메타버스 세상에서 개인 정보가 침해되는 경우가 많아지지 않을까요? 이걸 어떻게 막을 수 있을까요?

가상현실과 진짜 현실이 구분되지 않아서 혼란스럽지 않을까 우려하는 사람들이 많아요. 만약에 나와 똑같은 사람이 디지털 세상에 있다고 쳐요. 현재의 딥페이크 기술로도 제 얼굴과 똑같고, 목소리도 똑같은 가상 캐릭터를 디지털 세상에 만드는 게 가능합니다. 그러면 혼란이 오잖아요, 이 사람이 진짜인지 아니면 저를 흉내 낸 캐릭터인지.

그래서 미래 세상에서 아주 중요해지는 문제가 아이덴티티 분야입니다. 내가 나의 아이덴티티를 어떻게 증명할 수 있을까요? 현실 세계에서는 홍채·지문·목소리·얼굴·유전자 같은 생채 인증 기술이 개발되고 있어요. 온라인 세상에서는 NFT(Non-Fungible Token, 대체 불가능한 토큰)나 블록체인 기술로 보안을 강화하고 있고요. 메타버스 세상에서 사이버 보안 기술이 굉장히 중요해질 거라는 사실은 확실합니다.

Q. 02

가속화되는 메타버스 세상을 따라잡으려면 우리 같은 학생은 어떤 공부를 해야 하나요?

지금처럼 혁신의 시기에는 새로운 분야와 기술이 굉장히 빠르게 탄생하고, 그게 확장될지 소멸될지 판단하기가 어렵습니다. 그래서 여러분은 앞으로 전문 분야를 평균 예닐곱 번 정도 바꾸게 될 거예요. 여러분은 계속해서 새로운 기술과 정보를 공부해야 할 텐데, 이때 이리

저리 휘둘리지 않으려면 정보의 소스를 다원화하는 게 중요합니다. 그러니까 내가 다양한 책을 읽으면서 기본 지식도 넓게 쌓고, 온라인 강연을 찾아 듣고, MOOC(Massive Open Online Course, 상호 참여 온라인 공개 수업)에도 참여해 보고, 또 인턴을 하거나 작더라도 창업을 해 보는 것도 좋다고 생각합니다.

공부할 때 가장 중요한 건 호기심과 끈기입니다. 내가 어떤 분야에 관심이 가고 호기심을 느끼는지 여러 가지 경험을 하면서 찾아보세요. 그리고 아무리 많은 어려움이 있어도 끝까지 포기하지 마세요. 대다수 사람들은, '나는 아무래도 안 되는 거 같아' '몇 번 해 봤는데 가능성이 안 보여' 이러면서 포기해요. 호기심을 가지고 불굴의 의지로 끝까지 공부하는 게 중요합니다.

Q. 03
온라인 세상이 더 확장되면 현실 세계와 혼동이 생기지 않을까요? 예를 들어 메타버스에서 폭력적인 게임을 하다가 현실에서도 폭력을 휘두르면 어떡하죠?

실제로 미국 군인들에게 이런 일이 있었대요. 요즘에 군사 무기 기술이 발달해서 전쟁터에 드론을 보내서 원격 조종하면서 폭탄을 떨어뜨리잖아요. 이때 원격 조종하는 군인은 마치 게임을 하는 느낌이지만, 사실은 현실 세계에서 사람을 죽이고 있습니다. 이런 문제 때문에 군인 중에는 가상현실과 실재현실을 구분하지 못하거나 트라우마에 시달리기도 한대요. 이 문제를 어떻게 해결해야 할지 아직은 명쾌한 해답이 없어요.

온라인 세상에서는 다른 사람의 표정과 반응과 뉘앙스를 살피기 어렵습니다. 따라서 공감 능력이 떨어지는 경우가 많아요. 따라서 내 행동이 다른 사람에게 어떤 영향을 미칠지 인지하는 능력을 키우는 게 아주 중요해요. 공감 트레이닝 같은 교육과 학습이 다양하게 이뤄져야 겠습니다.

메타버스 세상 안에서도 현실과의 상호작용, 유저의 공감 능력을 키우는 프로그램이 마련되어야 해요. 예를 들어 증강현실 게임 〈포켓몬 고〉를 만든 CEO는 사람들이 이 게임을 하면서 방 밖으로 나가서 새로운 장소를 탐험하고 모르는 사람을 만나서 이야기하고 친해질 수 있다는 사실에 아주 좋아했다고 해요.

또 영화감독 크리스 밀크는 시리아 난민들이 모여 사는 난민촌에 가서 다큐멘터리를 촬영했어요. 이 영화를 가상현실 기술과 결합해서 뉴욕 트라이베카 영화제에서 상영했는데, 관객이 헤드셋을 끼면 마치 자신이 순간이동해서 난민촌에 가 있는 듯 생생한 장면이 펼쳐졌어요. 영화가 끝났을 때, 대다수 관객이 눈물을 흘리고 있었다고 해요. 가상현실 기술 덕분에 관객들이 시리아 난민이 처한 암담한 상황을 훨씬 깊이 공감할 수 있었던 거죠.

인공지능과 메타버스 세상에서 저는 무엇보다 인간이 소외되지 않아야 한다고 생각해요. 인공지능과 메타버스의 세상이 올수록 더 중요해지는 것은 인간의 가치입니다. 신기하고 화려한 기술만 볼 게 아니라, '이 기술을 활용해서 어떻게 사람과 사람을 연결할 수 있을까, 그리고 어떻게 소외된 사람이 없도록 할까?'라는 질문을 품어야 해요. 물론 이런 생각을 하는 사람들이 저뿐만 아니라 세상에 아주 많습니다. 이 문제에 대해 좀 더 고민해 보고 싶다면, 《두렵지만 매력적인》 《공감은 지능이다》 같은 책을 읽어 보세요.

Q. 04

시각·청각 장애인은 특히 메타버스 세상에서 배제될 수밖에 없을 것 같습니다. 장애인이 메타버스에서 소외되지 않기 위한 기술이나 방안이 연구되고 있는지 궁금합니다.

중요한 질문이에요. 큰 그림으로 보자면, 저는 장애인과 메타버스가 앞으로 더 많은 접촉면이 생길 거라고 생각해요. 앞서 이야기했듯이 메타버스 기술은 우리가 가진 다양한 감각과 근육의 미세한 떨림, 그리고 뇌의 신경세포 신호 등을 감지해서 상호작용합니다. 예를 들어 뇌과학자들은 눈이 보이지 않는 사람에게 시각적 정보를 진동이나 촉각으로 전달해 주는 기기를 개발하고 있고요. 이 기기를 메타버스 세상과 연결하면 시각 장애인에게 전혀 새로운 세상이 열리지 않을까요? 미래에 이런 다양한 기술이 개발되어 메타버스 세상을 확장했으면 좋겠습니다.

인공지능과 딥러닝, 역사와 미래

정지훈

이제 AI는 우리 사회의 주된 흐름이 되었고,
본격적으로 인공지능의 시대가 열리고 있다.

인공지능 커뮤니티가 가지고 있는 열린 문화 덕분에
AI는 빠른 속도로 사회의 주류 현상이 되었다.
이제는 인공지능과 인간이 공존하고
협력하는 시대이다.

FUN&LEARN

PROFILE

정지훈

현재 모두의연구소 최고비전책임자, K2G 테크펀드 파트너로 일하고 있다. 디지털헬스케어파트너스와 빅뱅엔젤스를 공동 창업했으며, DGIST 겸직교수이다. 명지병원 IT융합연구소장, 우리들병원 생명과학기술연구소장을 역임했다. 100개나 넘는 스타트업에 투자한 투자자이며, 국내 주요 기업 어드바이저로 일하고 있기도 하다.

AI도 흑역사 시절이 있었다

●

안녕하세요. '모두의연구소'의 최고 비전 책임자 정지훈입니다. 최근에 인공지능AI 기술이 우리 일상에 다양하고 깊숙하게 다가왔어요. 인공지능이란 인간의 행동과 사고방식을 모방하거나 복제해서 인간과 비슷한 패턴으로 작동하는 컴퓨터 프로그램을 말합니다.

인공지능은 옛날 같으면 아주 먼 이야기처럼 느껴지겠지만 요즘에는 주변 곳곳에서 발견할 수 있어요. 로봇 청소기만 하더라도 인공지능 기술이 굉장히 많이 들어가 있고, 자율주행자동차도 다 인공지능 기술을 기반으로 움직이거든요.

오늘은 AI가 어떤 역사적인 길을 거쳐 왔는지, 어떤 원리를 기반으로 작동하는지, 그리고 어떤 미래를 가져다줄지 여러분과 이야기해 볼까 해요. 먼저 AI가 지나온 발자취를 따라가 볼까요?

'AI'라는 용어는 1956년에 미국 컴퓨터공학자 존 매카시가 처음 사용했어요. 생각보다 오래됐죠? 이때를 시작으로 AI는 크게 세 번의 파도를 넘었습니다.

첫 번째는 1950년대, 앞서 이야기한 AI라는 말이 처음 나왔을 때예요. 이 시기에 미국과 소련(현 러시아)은 경쟁적으로 우주 개발에 열을 올렸어요. 우주선을 쏘아 올리고, 달나라에 다녀오고, 천체망원경으로 우주를 관찰하려면 뛰어난 성능의 컴퓨터가 필수예요. 덕분에 컴퓨터 기술도 비약적으로 발전했어요.

컴퓨터 성능이 크게 개선되니까 사람들은 머지않아 AI가 등장할 거라고 낙관했어요. 1966년에 미국 텔레비전에서 미래 우주를 배경으로 한 〈스타트렉〉 드라마 시리즈가 방영됐거든요. 여기에는 과학적 상상력으로 창조해 낸 미래의 기술이 많이 등장했죠. 그중 하나가 바로 사람 모습을 한 AI 로봇이에요. 이 시기에 이미 AI에 대한 인식이 제법 퍼져 있었고, 기대도 컸다는 뜻이에요.

그런데 AI 기술은 생각만큼 빠르게 성과를 내지 못했어요. 컴퓨터의 계산 속도, 정보 저장 용량, 실수와 오차 없는 일 처리 능력 등이 발달한다고 해서 AI 로봇을 뚝딱 만들 수는 없어요. AI는 기존 컴퓨터와는 차원이 다른 기술이거든요. 안타깝게도 초기 AI 기술 이론에서 여러 오류가 발견되면서, AI에 대한 기대는 차갑게 식었어요. 1차 인공지능의 겨울이 찾아온 겁니다.

두 번째는 1980년대 후반에 퍼스널컴퓨터가 빠르게 보급되면서 시작됐어요. PC가 집집마다 보급되자 사람들은 다시, '이제 AI 프

〔그래프〕 인공지능의 발자취

산업발전

인공지능에 대한
기대 증폭

일본 5세대 컴퓨터 출현
영국 Alvey 보고서

1956
다트머스
회의

▶ 계산 기능 한계
▶ 논리 체계 한계

신경망
연구

존 메카시
인공지능 창시

1950 앨런 튜닝
컴퓨팅 기계와 지능

전문가 시스템

1936 A-Machine

1950

1980

로그램만 잘 만들어 내면 모두가 인공지능을 이용할 수 있겠구나'
하고 기대했습니다. 1980년대는 컴퓨터 하드웨어와 소프트웨어도
꾸준히 발달했고, 인터넷 네트워크 시대가 열렸고, AI의 가장 기본
이 되는 신경망 기술도 어느 정도 수준에 올라 있는 상태라서 오랜
상상이 실현될 가능성도 높아 보였습니다.

그런데 당시에는 의외로 AI를 활용할 분야가 많지 않았어요. AI
와 연계할 만한 다른 분야의 조건이 갖춰지지 않은 이유도 있었지
만, 무엇보다 AI의 능력치가 여전히 뛰어나지 않았기 때문입니다.
AI는 수많은 정보를 반복적으로 학습해서 능력치를 끌어올리는데,
당시에는 컴퓨터가 그만한 데이터를 모아서 저장할 수 없었어요.
그 탓에 AI는 아주 기본적인 대화도 이어가지 못하고, 간단한 사물

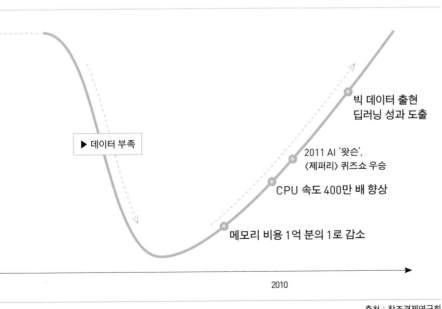

▶ 데이터 부족

빅 데이터 출현
딥러닝 성과 도출

2011 AI '왓슨',
〈제퍼리〉 퀴즈쇼 우승

CPU 속도 400만 배 향상

메모리 비용 1억 분의 1로 감소

2010

출처 : 창조경제연구회

도 잘 구별하지 못했어요. 그러자 사람들은, "AI 이거 다 거짓말 아니야?" 하면서 의심의 눈길을 보냈습니다. 기대가 컸던 만큼 실망도 컸던 거죠. 이렇게 2차 인공지능의 겨울이 시작됐어요.

두터운 껍질을 깨고
화려하게 날아오르다

●

한동안 빙하시대를 보낸 뒤 드디어 세 번째 봄이 찾아왔습니다. 바로 오늘날 여러분이 보고 듣고 느끼고 있는 AI 열풍입니다. 이번에는 과거와 아주 다른 양상을 보이고 있어요. 사람들은 이번에야말로 발목을 잡았던 한계를 극복하고 기대에 걸맞은 결과를 보여줄 거라고 믿는 눈치입니다. 여기에는 그럴 만한 충분한 근거가 있습니다.

첫째, 과거와 비교가 안 될 만큼 빠르게 정보를 학습해 주는 하드웨어가 등장했어요. 처음에 이 하드웨어는 인공지능에 사용하려고 만든 게 아니었어요. 게임 좋아하는 분들은 알 텐데, '그래픽 프로세싱 유닛GPU'은 3D 그래픽을 빠르게 연산하려고 만든 칩이에요. 3차원 슈팅 게임 같은 데 많이 적용됐어요. 그런데 GPU의 그래픽 연산 방식은 놀랍게도 인공지능이 데이터를 학습하는 속도를 크게 향상시켰습니다. 덕분에 AI는 이전에 한 달 넘게 걸리던 데이터를 불과 몇 시간 만에 학습했어요.

둘째, 다름 아닌 여러분이 AI를 비약적으로 발전시켰어요. AI는 기본적으로 디지털 데이터를 충분히 학습해야 능력치를 끌어올릴

[그래프] 3차 인공지능 열풍

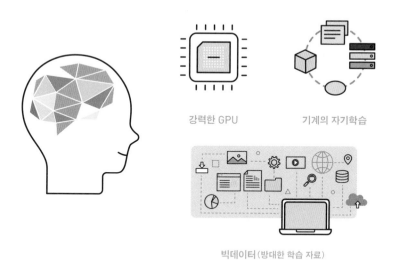

강력한 GPU

기계의 자기학습

빅데이터(방대한 학습 자료)

수 있어요. 그리고 그 디지털 데이터는 바로 지금 여러분이 만들어 내고 있어요. 스마트폰으로 사진과 동영상을 찍어서 SNS에 올리고, 인터넷에서 관심 분야를 검색하고, 온라인 뱅킹을 하고, 앱을 깔아서 음악을 듣고 취미 생활을 즐기잖아요. 전 세계 사람들은 오늘날 일상적으로 온라인에 접속해서 다양한 데이터를 생산하고 있어요. 뿐만 아니라 과학·문화·학술·산업 분야의 전문 지식을 비롯한 모든 인류 문명이 디지털 데이터로 기록되어 있어요. 디지털 데이터는 폭발적으로 증가했고, 덕분에 AI도 풍족하게 양분을 빨아들이고 있어요.

셋째, 자가학습 알고리즘 기술로 '딥러닝' 방식이 확립되었어요. 딥러닝에 대해서는 좀 더 자세히 다뤄 보겠습니다.

딥러닝, 인간의 뇌에서 배운 지혜

●

딥러닝은 '깊다'는 뜻의 '딥deep'과 '학습'을 뜻하는 '러닝learning' 이 합쳐진 단어예요. 딥러닝은 인간의 뇌 구조에서 아이디어를 빌려 왔어요. 우리 뇌에는 약 1천억 개의 신경세포(뉴런)가 긴밀하게 연결되어 있으며, 외부의 정보를 전기신호로 받아들여서 반응하고 학습합니다. 과학자들은 인간의 뇌를 모방해서 인공 뉴런을 층층이 쌓고 연결해서 신경망을 만들었어요. 그래서 딥러닝을 '딥 뉴럴 네트워크DNN'라고도 해요.

인공 신경망은 '그래프 1'처럼 구성됩니다. 동그라미가 인공 뉴런이고, 동그라미 한 묶음이 한 층을 뜻해요. '그래프 1'의 신경망은 5층짜리이고, 층마다 인공 뉴런이 10개쯤 묶여 있는 구조예요. 실제로는 1백 층까지 겹겹이 쌓을 수 있고, 또 한 층마다 인공 뉴런이 10만 개, 20만 개까지 연결되어 있어요.

[그래프 1] 인공 신경망 구성 원리

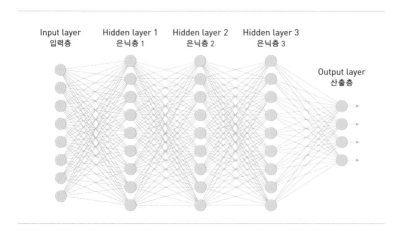

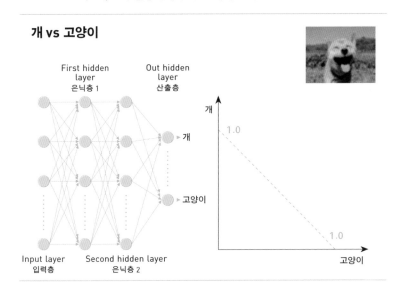

〔그래프 2〕 인공 신경망의 개 디지털 데이터 판별 과정

개 vs 고양이

First hidden layer
은닉층 1

Out hidden layer
산출층

개

고양이

Input layer
입력층

Second hidden layer
은닉층 2

이 인공 신경망 시스템에 디지털 데이터를 넣어서, 이게 개인지 고양이인지 판단하는 실험을 해볼까요? '그래프 2'의 왼쪽은 '그래프 1' 신경망 일부분을 확대한 그림입니다. 그리고 오른쪽은 인공 뉴런이 확률적으로 두 가지 중에 하나를 선택하는 문제이니까, 두 개를 더하면 1이 되는 함수를 나타낸 거예요. 예를 들자면 신경망에서 '고양이일 확률 100퍼센트'라고 결과를 내온다면, 함수 그래프에는 '고양이 1.0 / 개 0.0' 좌표로 나타나겠죠? 만약 '고양이일 확률 50퍼센트, 개일 확률 50퍼센트'라는 결과가 나온다면 함수 그래프는 '고양이 0.5 / 개 0.5' 좌표로 나타날 테고요. 이 함수 그래프를 보면 인공 신경망이 사진을 무엇으로 판별했는지 알 수 있습니다.

여기에 좀 특이하게 찍힌 개 사진을 디지털 데이터로 넣어 볼까요? 사람이라면 한번 쓱 보고 단번에 개라고 판정하겠죠. 그런데 인공 신경망에서는 처음에 '고양이 0.8 / 개 0.2'라고 좌표가 나왔어요. 고양이일 확률이 80퍼센트로 나온 거예요. 틀렸죠? 이렇게 에러가 나오면, 각 인공 뉴런의 연결 강도 수치를 조정합니다. 개라고 판단한 인공 뉴런의 연결 강도를 높이고, 고양이라고 판단한 인공 뉴런의 연결 강도를 낮추는 거죠. 신경망이 정답을 찾을 때까지 이런 과정을 반복합니다. 이 수학적 수정 방법을 '에러 백프로파게이션역전파'이라고 해요.

수차례 학습을 거쳐 신경망이 이 사진을 개라고 판별했으면, 이번에는 다른 각도에서 찍은 개 사진 데이터를 또 집어넣습니다. 이렇게 수십 수백 수천만 장 사진을 넣어서 정답을 찾아가는 과정을 반복하면, 나중에는 좀 애매하거나 특이하게 생긴 개 사진 데이터를 집어넣어도 신경망에서 거의 정확하게 개라고 판별합니다.

이번에는 고양이 사진을 넣었어요. 이 고양이도 딱 보기에 범상치 않게 생겼죠? 아마 고양이를 많이 보지 못한 두세 살짜리 어린애가 보면 강아지라고 할지도 모르겠어요. 하지만 대부분 사람들은 고양이라고 판정할 거예요. 그러면 인공 신경망은 어떻게 판단할까요? 처음에 고양이 0.2 / 개 0.8로 좌표가 나왔어요. 이것도 틀렸죠? 그러면 또 교정합니다. 인공 신경망이 정답을 찾으면, 또 다른 고양이 사진을 넣어서 정답에 가까워지도록 계속 반복해요.

물론 지금 사례는 딥러닝의 기본 원리가 그렇다는 거고, 실제 실현 과정은 훨씬 복잡하고 정교하고 어렵습니다. 사실 앞의 문제는 AI가 지난 30년 동안, 2015년 정도까지, 잘 못 풀었던 문제예요. 어떤 사물의 특징을 일반화해서 표현한 이미지는 정확히 판별하다가도, 현실의 사물 이미지는 오류를 일으키는 거예요. AI는 한동안 개

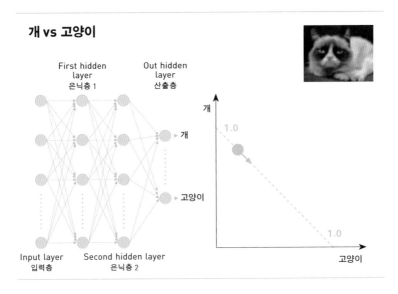

개 vs 고양이

체의 독특한 특징, 움직이는 동작, 다양한 시점, 주변 배경 등을 구별하지 못했어요. 하지만 딥러닝 기술이 발전하면서 이 문제가 해결되었습니다. 딥러닝은 AI의 가장 기본적이고 중요한 기술입니다.

지도 학습, 비지도 학습, 강화 학습

하지만 아직 갈 길이 멉니다. 앞서 사례로 들었던 개냐 고양이냐를 판별하는 문제는 정답(작업 목표)이 정해져 있고, 또 반복적으로 데이터를 지정하고 수치를 조정하면서 정답을 찾아가도록 이끌었어요. 이처럼 정확히 정해진 정답을 찾아가도록 데이터를 지정하고 가르치는 방법을 '지도 학습'이라고 해요. 오늘날 AI가 가장 뛰어난 능력치를 발휘하는 게 이 분야예요. 정확하게 목표를 주고서 지도 학습 과정을 거쳐서 실수 없이 일처리하는 능력.

그런데 지도 학습만으로는 뭔가 좀 아쉽지 않나요? 디지털 데이터의 상당수는 정답이 없어요. 아무런 규칙이나 질서도 없이 온라인 세상에 제멋대로 흩어져 있어요. 정답(작업 목표)이 없으면 학습하기를 멈춰야 할까요? 그러면 안 되겠죠. 그래서 최근에는 '비지도 학습' 방법이 크게 주목받고 있어요. 정답이 없는 데이터에서 공통분모나 관계를 찾아내서 스스로 학습하는 방법이에요.

만약에 데이터가 없으면 어떡하죠? 데이터가 없을 수도 있잖아요. 이런 경우 AI가 스스로 데이터를 만들어서 학습하는 방법을 '강화 학습'이라고 해요. 예를 들어 현대 기술로는 아직 로봇이 생명체처럼 자연스럽게 움직이도록 만들지 못해요. 그러니 당연히 디지털 데이터가 없는 상태죠. 이런 조건에서 AI 로봇을 만들면 처음에 넘어지고 엎어지면서 시행착오를 겪겠죠? 이때 AI 로봇은 강화 학습 방법으로 데이터를 획득할 수 있어요. AI 로봇이 경험치를 바탕으로 스스로 자연스럽게 움직이는 방법을 찾아가는 거죠. 강화 학습은 AI에게 가장 어려운 난이도의 학습 방법이고, 아직은 시작 단계에 머물러 있어요.

AI는 어떻게 죽음의 골짜기를 건너 주류가 되었을까

●

기술 개발자·엔지니어·연구자들이 놓치는 부분 중의 하나인데요.

새로운 기술이 사회에 보급되어 정착하려면 일정한 주기가 있어요. 새로운 기술이 개발됐다고 해서 곧바로 사람들이 받아들여서 사용하지 않거든요. 새로운 상품이 나오면 초기에는 이노베이터들(혁신 그룹)이 제일 먼저 받아들입니다. 예를 들어 AI와 관련된 새로운 기술이 나오면 로봇 개발자나, AI 연구자, AI 기업가와 투자자들이 발 빠르게 그걸 사용해 봐요. 새로운 스마트폰이 나오면, '당장 내일부터 써야겠어!' 하면서 밤새 줄 서서 사고야 마는 얼리 어답터도 이노베이터입니다. 일반 소비자 가운데 10퍼센트 정도가 얼리 어답터 성향을 보입니다. 신기술이 얼리 어답터까지 진입하기는 상대적으로 순조롭습니다.

문제는 다음부터입니다. 신기술이 사회 전반으로 퍼져 나가려면, 얼리 머조리티(초기 다수자) 그룹까지 넘어가야 합니다. 초기 다수자 그룹은 깐깐하고 보수적이고 쉽사리 마음을 주지 않습니다. 새

〔그래프〕신기술 사회 확장 사이클

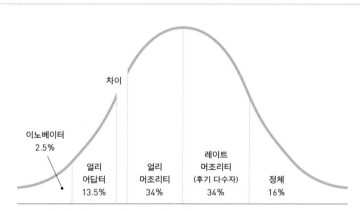

출처 : https://medium.com/west-stringfellow/crossing-the-chasm-summary-
and-review-9cfafdac9180

로운 기술을 잘 받아들이지 않아요. 그래서 얼리 어답터와 얼리 머조리티 그룹 사이에 '죽음의 골짜기(캐즘)'가 있어요. 신기술이 사회 전체로 확산되려면 캐즘을 넘어서야 합니다. 사회 전체가 받아들일 만큼 편리하고 쓰임새가 분명하고, 또 사람들 눈길을 사로잡는 획기적인 이벤트도 필요합니다.

그럼, 우리나라에서는 어떤 계기로 AI에 대한 관심과 수요가 폭발적으로 늘어났을까요? 지난 2016년 알파고와 이세돌의 바둑 대결이 사람들 머릿속에 AI를 각인시켰어요. 그전까지는 AI 관련 소식이 바다 건너 미국에서 가끔 들려 왔지만, 대부분 기업과 사람들은 크게 관심을 가지지 않았어요. 그랬는데 구글이 AI 바둑 프로그램 알파고를 만들어서 이세돌과 대결하는 이벤트를 열었어요. 사람들은 바둑에는 경우의 수가 하늘의 별보다 많아서 컴퓨터가 절대로 넘볼 수 없는 영역이라고 생각해 왔어요. 그런데 알파고가 이세돌 9단을 이겨 버린 거예요.

이 사건으로 사람들은 AI에 대해 폭발적으로 관심을 가지기 시작했어요. 사람들은 AI를 공부했고, 기업들은 AI 기술 개발에 뛰어들었어요. 우리나라가 잘하는 거 있잖아요. 좀 늦게 시작했지만, 빨리 따라잡는 거. 그 초고속 개발의 결과물을 여러분은 지금 눈앞에서 보고 있고요. 이렇게 AI는 우리 사회의 주된 흐름이 되었습니다.

아마 이미 보신 분도 있을 텐데요, '이터니티'라는 아이돌 그룹이 있어요. 데뷔해서 노래도 발표하고 뮤직비디오도 찍으면서 활동하는데, 사실 이 멤버는 모두 AI 가상 캐릭터예요. 이 밖에 온라인 인플루언서 AI도 많이 등장하고 있어요. 이들 가상 캐릭터를 보면 외모나 움직임이 아주 자연스러워요. 실재 사람과 비교해도 거의 이

질감을 느낄 수 없을 정도죠. 그만큼 많은 디지털 데이터로 사람의 모습과 행동을 학습했다는 얘기예요. 본격적으로 인공지능의 시대가 열리고 있어요. 우리 사회에 안착해서 사람들과 교감하기까지 10년도 안 걸렸어요. 이처럼 빠르게 사회의 주류 현상으로 확장된 이유가 뭘까요?

저는 인공지능 관련 커뮤니티가 가지고 있는 열린 문화가 가장 큰 이유라고 생각해요. 전 세계 AI 연구 기관과 기업들은 대부분 인공지능 기술을 개발하면 그걸 개방하고 공유해요. 예를 들어 한 사람이 새로운 기술에 대한 아이디어를 논문으로 쓰면, 논문 공유 사이트에 올려요. 세계 최고의 실력을 갖춘 AI 엔지니어와 석학들도 자신들의 노하우를 담은 강연 동영상을 무료로 올리고요. 또 어떤 아이디어가 제안되면 연구 기관과 기업들이 이 아이디어를 실험하고 적용해서 새로운 제품을 개발해요. 새로운 기술의 핵심적인 디지털 코드까지 모두 공유해서 사람들은 그걸로 자유롭게 공부하고 연구할 수 있어요.

그러니까 얼마나 빨리 발전하겠습니까? 제가 일하는 모두의연구소도 '모두가 자유롭게 정보를 공유하고 함께 성장하는 AI 연구소'를 모토로 삼고 있어요. 모두의연구소에서는 '아이펠'이라는 온라인 플랫폼을 제공하고 있습니다. AI에 대한 기본적인 지식과 정보를 공개하고, 다양한 스타트업과 연계한 AI 프로젝트도 진행하고 있어요. 물론 사용자는 이곳에 있는 소스를 자유롭게 이용할 수 있고, 사용자들끼리 정보를 공유할 수 있어요.

마지막 한계를 넘어서
미래사회로

●

사람들은 이제 더 이상 AI의 능력치를 의심하지 않아요. 하지만 인간 사회의 복잡한 요구와 필요를 충족하려면 아직 부족한 부분이 많아요. AI가 미래사회의 혁신을 주도적으로 이끌어 가려면 어떤 한계를 넘어서야 할까요?

첫 번째는 AI와 인간 사이의 신뢰 구축 문제예요. 지금까지는 AI가 쓸모가 있을지 없을지를 증명하는 시간이었어요. 하지만 지금은 더 이상 성능을 설명할 필요가 없어요. 그 대신 이제는 어떻게 써야 하느냐, 왜 사회가 수용해 줘야 하느냐를 따지는 단계예요.

인간이 AI를 백 퍼센트 신뢰할 날이 올지는 확신할 수 없어요. 다만 지금은 신뢰를 구축하기 위한 가장 기본적인 과제부터 해결해야 합니다. 즉 AI가 판단하고 선택한 결과가 사람에게 안전하고 도움을 주어야 해요. 또 나이·성·인종·국적 등에 따른 선입견이 없고, 차별하지 않아야 하고요. 무엇보다 개인의 민감한 프라이버시와 인권을 보호해 주어야 합니다.

최근에 실제로 AI를 이용하는 사용자 사이에서, 'AI가 왜 이런 결과물을 내오지?' 'AI가 엉뚱한 대답을 하는데?' '나는 이해가 안 되고 동의할 수 없어' 이렇게 고개를 젓는 사례가 자꾸 생겨났어요. 이전까지 AI는 정해진 과제에 따라 결과만 잘 내오면 됐지만, 앞으로는 민감하고 복잡한 과제도 풀어야 해요. 이런 과제를 푸는 과정에서 자꾸 회의와 의문이 들었던 거죠. 따라서 AI는 왜 그런 결정을 하고 결과물을 내왔는지 스스로 설명할 수 있어야 해요. 이것을 '익스플레이너블explainable AI'라고 해요.

사실 이런 반응이 생겨나는 건 좋은 현상이에요. 이런 의문을 가진다는 것 자체가 벌써 사회에서 쓰이기 시작했다는 얘기거든요. 또 이런 반응이 많이 모일수록 해결 방안을 찾아갈 수 있으니까요.

두 번째는 AI와 인간의 파트너십 문제예요. AI를 쓰는 사용자는 결국 사람이에요. AI가 스스로 일을 처리하기도 하지만, 대부분 일은 사람과 AI가 같이 처리해요. 따라서 사용자 인터페이스를 통한 AI와 인간의 상호작용(휴먼 인 더 루프)이 아주 중요합니다.

〔그래프〕 휴먼 인 더 루프

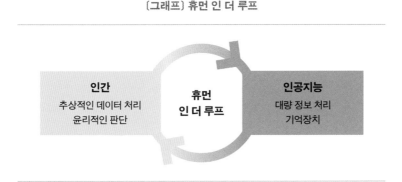

인간과 AI는 저마다 잘하는 분야가 달라요. 인공지능은 대량의 정보를 신속하게 분류하고, 기억도 잘해요. 그래서 사실관계를 판단하고 수치화된 데이터를 완벽하게 처리해요. 이에 비해 인간은 직관적이고 추상적인 생각과 새로운 아이디어를 만들어 내는 능력이 있어요. 또 사회윤리 분야처럼 정해진 답이 없지만 민감하고 중요한 내용에 대해서 조율하고 판단할 수 있어요. 이렇게 AI와 인간은 서로 협력하고 부족한 부분을 채워 가면서 공동의 목적을 달성하는 거죠.

이 과정이 반복될수록 사용자 경험이 굉장히 중요해져요.

세 번째는 인공지능의 역할을 어디까지 확장할 것인가 하는 문제예요. 지금까지 인공지능은 주로 수치화되고 정량화된 문제를 푸는 데 사용됐어요. 데이터를 산더미같이 받아서 결과물을 내오고, 정답을 산출하는 게 인공지능이 하는 일이었어요. 그런데 최근 3~4년 사이에 생성형 AI 기술이 빠르게 발전했어요. 규정된 데이터를 기반으로 정답을 산출하는 데서 벗어나, 스스로 음악을 작곡하고 그림을 그리는 분야까지 확장한 거예요.

최근에 눈여겨볼 기술은 'GPT-3'입니다. AI가 스스로 코딩이나 프로그래밍할 수 있는 기술이에요. GPT-3 기술에 몇몇 온라인 애플리케이션을 연결해 주었더니, 'gptcrush.com'라는 인터넷 사이트를 만들었어요. 한번 방문해 볼까요? 이 사이트에는 '비즈니스' '디자인' '창작' '교육' '철학' 같은 카테고리가 마련되어 있고, 각각의 카테고리에는 다양한 컨텐츠로 채워져 있어요.

예를 들어 티브이 광고를 만들어 주고, 이메일 내용 일부를 자동으로 생성해 주고, 광고 카피를 잡아 주고, AI 관련 기술을 공개하고, AI와 철학 문제를 다루는 컨텐츠도 있습니다. 또 사용자가 어떤 문장을 쓰면 그와 관련된 키워드를 생성해서 다음 문장과 문단을 자동으로 채워 주는 프로그램도 있어요.

제가 제일 재미있게 본 컨텐츠는 〈AI 던전〉 게임입니다. 여러분은 온라인 게임을 대부분 동영상으로 경험했을 텐데요. 저 같은 세대는 '텍스트 모드 게임'이라는 걸 했거든요. 예를 들어 컴퓨터 화면에 '동굴에 공룡이 나타났다'라는 텍스트가 떠요. 그러면 사용자는 키보드를 두드려서 '공룡한테 도끼를 던져라' 하고 텍스트로 써요. 그

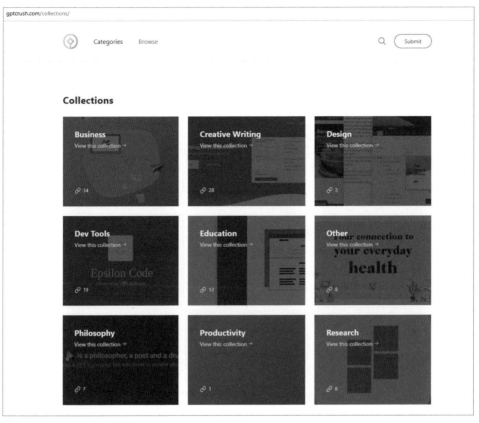

gptcrush.com 화면

러면 화면에 '공룡이 턱턱턱 맞았다' '죽었다' 이런 텍스트가 나오거
든요. 이렇게 텍스트를 주고 받으면서 진행되는 게임이에요.

과거 텍스트 모드 게임은 일정한 스토리가 짜여 있었어요. 사용자
는 게임이 설정한 규칙 안에서 움직여야 했죠. 그런데 〈AI 던전〉은
그런 게 없어요. 사용자가 생각하는 대로 상황을 창조하면 AI 게임
도 거기에 맞춰서 대응해요. 그러니까 게임이 끝없이 진행돼요. 어
마어마하게 재미있습니다.

또 하나 예를 보자면, 로보Lovo 프로그램은 사람의 목소리로 64개
국 언어를 지원해요. 기계음이 아니라 사람과 똑같은 소리를 내는
거죠. 사람들은 기계음보다 사람 목소리에서 훨씬 많은 신뢰와 안
정감을 느껴요. 그래서 로보의 AI 기술은 광고·게임·음악 등 여러
분야로 확장되고 있어요. 이처럼 생성형 AI 기술은 사용자의 상상
력에 따라서 활용 분야가 무궁무진합니다. AI 기술의 또 하나의 전
기가 마련됐다고 할 수 있겠죠.

위의 세 가지 한계를 넘어서면 정말로 AI가 인간의 조력자이자
친구가 되어 함께 미래사회를 열어 갈 거예요. 저는 그런 날이 머지
않았다고 생각합니다.

AI를 친구로 맞이하기 위한
우리의 자세

●

그렇다면 미래사회에 AI와의 공존을 위해 우리는 무엇을 어떻게
준비해야 할까요?

AI 시대를 준비하려면 가장 기본적으로 여섯 개의 기둥, 곧 '전
략' '데이터' '사람' '정부' '윤리' '인프라(사회적 기반)'가 필요합니
다. 대부분 제가 앞서 이야기했던 내용입니다.

먼저 AI를 통해 어떤 미래사회를 만들지에 대한 큰 그림이 있어
야 합니다. 전략이 있어야 AI를 인간에게 도움을 주는 방향으로 이
끌어 갈 수 있으니까요. 적어도 SF 영화에 나오듯이 디스토피아에
서 AI가 현실 도피처로 쓰이는 세상은 만들지 말아야겠습니다.

AI 시대를 준비하기 위한 6개의 기둥

또 AI의 오류를 없애기 위한 데이터를 더 많이 제공해야 합니다. 저는 사실 이 문제는 크게 걱정하지 않습니다. 바로 여러분이 훌륭한 데이터 창조자이니까요.

정부와 기업과 개인은 각자의 위치에서 AI와 어떻게 효과적으로 상호작용할지 조심스럽지만 과감하게 선택해야 합니다. 크게 보자면 기업은 적극적으로 새로운 기술을 개발해서 선보이고, 정부는 적절한 규제와 인프라 지원으로 기업의 속도를 조절해 주고, 개인은 AI를 자유롭고 풍성하게 활용하면서 한편으로는 다수의 창조자이자 감시자가 되어야 합니다. AI의 선택과 업무 결과가 사회 윤리에 어긋나지 않는지 감시하는 주체는 정부와 기업과 개인 모두의 몫입니다.

AI 시대를 맞아 우리가 또 하나 중요하게 생각해 볼 지점이 있어요. 누가 AI 세상을 주도할까 생각할 때 우리는 보통 누가 뛰어난 기술을 개발하는가를 기준으로 삼잖아요? 그런데 《AI 슈퍼파워》라는 책에서는 조금 다른 시각을 보여주고 있어요. 요즘 국제사회는 중국과 미국이 여러 분야에서 주도권을 잡기 위해 경쟁하고 있어요. AI 분야도 마찬가지고요. 대다수 사람은 뛰어난 기술력을 가진 미국이 중국을 앞서갈 거라고 생각해요. 그런데 이 책의 저자는 좀 달라요. 잠깐 살펴볼까요?

인공지능이 경제의 더 넓은 구석까지 스며들 시대에는, 엘리트 연구자보다는 탄탄한 엔지니어 군단이 진짜 힘의 원천이다. 또 AI의 연료가 되는 디지털 데이터를 얼마나 많이 생산하고 활용하는가가 굉장히 중요하다. 미국이 기술 부분에서는 앞설지 몰라도, 중국이 양적인 부분에서 많이 앞서기 때문에 그렇게 큰 격차가 나지 않는다. 심지어는 중국이 더 나을 것이다.

이런 분석은 우리에게도 여러 시사점을 줍니다. 지금 우리 기업이나 연구자들도 AI를 기술 연구 중심으로 접근하고 있어요. 하지만 어쩌면 AI 기술을 응용한 상품을 얼마나 잘 만들어 내고, 이걸 사회 구성원이 얼마나 손쉽고 요긴하게 활용할 수 있느냐가 훨씬 중요한 지점이라고 생각합니다.

이제 인공지능과 인간과 공존하고 협력하는 시대예요. AI가 워낙 빠르게 발전하니까, 어떤 사람들은 AI가 초지능슈퍼인텔리전스으로 발전해서 인간을 지배할 거라고 걱정하기도 해요.

로봇공학과 인공지능 분야의 세계적인 석학인 한스 모라벡은,

"AI 로봇에게 쉬운 문제는 인간에게 어렵고, 인간에게 쉬운 문제는 AI 로봇에게 어렵다"고 말했어요. 예를 들어 인간이 일상적으로 느끼는 단순하고 자연스러운 감정을 AI는 전혀 느낄 수 없어요. AI가 학습해서 배울 수 있는 분야가 아니에요. 아예 차원이 다른 거죠. 그러니까 그런 걱정은 실현될 가능성이 별로 없어요. 그런 걱정할 시간에 어떻게 AI와 인간이 각자의 장점을 살려서 공존하고 협력할지에 대해 고민하는 게 훨씬 현실적이고 즐거운 상상이 아닐까요?

이상으로 AI 시대를 맞이해서 여러분과 함께 고민해 보고 싶은 내용을 간단하게 말씀드렸습니다. 여러분 세대는 AI 시대의 황금기와 함께할 거예요. 여러분이 어떤 상상력으로 이 시대를 살아갈지 기대가 큽니다.

인간과 인공지능의 공존과 협력

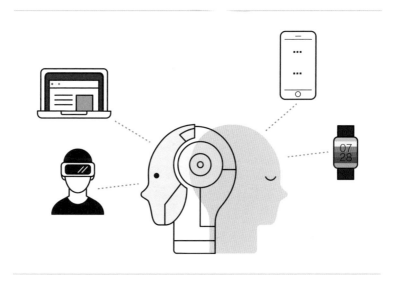

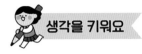
Q. 01

AI에 대해 전문적으로 알려면 어떤 공부를 해야 할까요?

사람들은 AI에 대해 배우려면 컴퓨터 공학을 공부해야 한다고 생각해요. 하지만 그렇지 않아요. 사회학·인문학·법학 같은 학문은 그동안 인간들 사이의 관계만 들여다봤잖아요. 하지만 이제는 AI가 우리 인간들과 공존하는 시대예요. 따라서 기존 학문도 AI와 접촉면이 생겨날 수밖에 없고, 여기에 대한 재정립이 필요해요. AI를 중심으로 한 기계가 발전한 만큼 인간 중심이었던 사회 규칙과 법률도 변화해야 해요. AI에 대한 전문 지식을 기본으로 기존 학문을 응용하는 시도도 필요하고요.

제가 어릴 때 인터넷이 처음 보급됐는데, 컴퓨터 학원이라는 데서 어떤 걸 가르쳤냐면, 웃지 마세요. 마우스 더블 클릭하는 방법을 가르쳤어요. 그 당시에는 더블 클릭조차 못 하는 사람들이 많았거든요. 요즘 더블 클릭을 따로 배우는 사람이 있나요? 그냥 자연스럽게 다 아는 거잖아요. 우리는 스마트폰 화면 확대 기능을 따로 배우지 않았어요. 왜냐하면 걷고 자고 먹고 말하듯이 몸에 자연스럽게 배어 있으니까요.

마찬가지로 기술 원리를 알지 못해도 AI를 쉽게 배우고 쓸 수 있는 시기가 분명 올 거예요. 지금 당장 잘 알지 못한다고 해서 두려워할 것 없어요. 기술이 진보되는 만큼 인간도 성장하니까요. AI 기술이 확대되면 교육 기관도 늘어날 거고요. 그러니까 너무 걱정하지 말고, 그보다는 여러분이 관심을 가진 분야에서 어떻게 AI를 연계해서 활용할지 고민했으면 좋겠습니다. 물론 AI 기술과 원리 자체를 공부해 보고 싶다면, 온라인과 책 강연 등을 통해서 다양한 정보를 손쉽게 찾아볼 수 있어요.

Q. 02
의료 분야에서는 인공지능이 어떻게 적용되고 있나요?

의료 분야는 사실 AI가 가장 빨리 적용되고 있는 분야 중 하나예요. 저도 사실 이 분야에서 오랫동안 일해 왔고, 제가 투자한 회사도 세계적인 의료 인공지능 회사가 됐어요. AI가 의료 분야에 빠르게 접목될 수 있던 이유는 의료 분야와 AI의 효용성이 굉장히 크기 때문이에요. 예를 들어서 폐암이나 유방암을 진단할 때 처음에 엑스레이를 찍어서 판별하거든요. 그런데 일반 의사들이 엑스레이에서 암세포가 있는데도 조기 진단에서 놓치는 확률이 35퍼센트 가까이 돼요. 이건 의사들의 실력 문제가 아니에요. 의사들도 놓치고 싶어서 놓치는 게 아닌데, 암세포가 퍼진 범위가 작으면 엑스레이에 잘 안 찍히거든요. 하지만 다들 아시다시피 암세포는 초기에 발견해야지만 그 위험도가 낮아져요. 이게 더욱 심각한 이유는 폐암과 유방암이 남녀 사망률 1위라는 겁니다. 잘못 진단했을 경우 큰 질환이 되기 때문에 그만큼 피해가 크다는 얘기죠. 의사들로서는 참 어렵고 난감한 일이고, 사람들은 암의 공포에서 벗어나기 힘든 상황입니다.

그런데 이 분야에서 인공지능과 의사가 협력하게 되면요, 암세포 조기 진단 확률이 90퍼센트 이상으로 올라가게 돼요. 일반의가 AI의 도움을 받으면 전문의 수준까지 올라가고, 전문의는 AI의 도움으로 자기 수준 이상으로 올라갈 수 있다는 얘기입니다. 의료 분야는 생명 문제와 직접 연결되는 우리 인간에게 중요한 영역이에요. 그런 분야에서 AI를 활용한다면, 그만큼 살릴 수 있는 생명이 많아진다는 얘기입니다. 중요한 분야니까 실수나 오차 없는 정확한 판단이 필요하겠죠. 이런 상황이다 보니 AI는 의료 분야와 긍정적인 효용성을 보이고 있어요. 그래서 의료 분야는 AI를 가장 빠르고 적극적으로 도입하고 있고, 그 결과 우리 생활 수준을 크게 높여주고 있습니다.

Q. 03
AI 아이돌 사례를 말씀해 주셨는데, 현실 사람의 모습을 똑같이 모방해서 악용될 수도 있지 않을까요?

현재 3D 이미지 기술의 상당수는 AI에서 3D 이미지를 창조한 다음에 현실의 피사체를 찍었던 이미지와 덧씌우는 방식으로 만들어요. 이 기술을 불법으로 악용한 딥페이크 영상이 실제로 문제를 일으켜 피해자 사례를 만들기도 했습니다.

또 법적으로 문제가 없고 악의적인 의도도 없지만, 윤리적인 문제가 생길 수도 있어요. 우리는 이제 AI를 창조해서 정당하게 쓸 수 있어요. 자체 모습과 목소리를 가진 AI를 현실에서 자기만의 비서로 사용할 수도 있고요. 그런데 이때 문제는 인권이 없다는 겁니다. 왜냐하면 자체적으로 만든 AI는 처음부터 끝까지 가상으로 만들어진 거니까요. 이 부분에서 일부 다른 문제가 생길 수도 있습니다.

만약 사람 모습의 3D 이미지나 목소리를 AI가 자체적으로 창조했다고 생각해보세요. 그 AI가 현실 사용자와 온라인상에서 만났는데, 현실 사용자가 AI를 실존하는 사람으로 착각해서 혼란을 일으킬 수 있어요. 예를 들어 인터넷 사용자가 온라인에서 누군가를 만나 사랑하게 됐는데 나중에 알고 보니 AI가 만들어낸 가상 캐릭터였다는 식의 문제가 생길 수도 있다는 거죠. 이때 현실의 사람이 입은 정신적 피해는 누가 어떻게 책임지고 보상할 것이냐 하는 문제가 남게 되는 거죠.

그리고 이 경우 피해를 주장하는 사람을 과연 피해자로 볼 수 있는가, 그 피해를 타인이 책임져 주어야 하는가에 관한 논제에 명확한 답을 할 수 있을까요?

여기에 대한 규제와 대책은 아직 만들어지지 않았어요. 제 생각에는 규제나 법률 같은 것도 필요하지만, 그보다 앞서 인터넷 사용자들 간의 사회적 약속이 더 중요하다고 생각해요. 가상 캐릭터라는 사실을 상대방에게 어떤 식으로건 미리 알리는 장치가 꼭 필요합니다. 최근에 구글을 비롯한 여러 기업에서도 AI로 만들어진 가상의 인간이나 창조물은 미리 AI라는 사실을 밝히자고 목소리를 내고 있어요. 지금 여러분이 제게 질문 주신 것과 같이 여러 주제로 기업 간 이야기가 오가면서 AI와 인간이 자연스럽게 공존할 수 있는 사회를 만들어가고 있습니다. 당연히 미지로부터 오는 막연한 두려움이 있을 수 있습니다. 그러나 지금처럼 새로운 세계에 대비해 여러 질문을 던진다면 분명 더 나은 사회가 될 것입니다.

미래,
우주 영토
확장에 있다

조광래

세계 여러 나라가 우주로 진출하고 있다.
우주발사체는 해마다 더 늘어날 것이다.

오늘날 한 나라의 우주과학 수준은
그 나라의 독자적인 과학기술 수준은 물론이고,
정보력과 경제력 등을 드러내는 지표로 인식된다.

PROFILE

조광래

현재 '한국항공우주연구원' 연구위원으로 일하고 있다. 이전에는 한국항공우주연구원 10대 원장으로 일하면서 우리나라 로켓을 개발하는 일에 온 힘을 다했다. 1989년부터 2014년까지는 중형로켓개발 그룹장, 액체로켓 사업단장, 우주발사체사업단장, 우주발사체 연구 본부장을 지냈다. 특히 나로호 및 누리호 개발 총괄책임자로 일하면서 우리나라 로켓 개발을 이끌었다. 최근 한국형 발사체 누리호 2차 발사에 성공했다.

로켓의 역사

●

저는 한국항공우주연구원에서 로켓을 개발하고 있는 조광래입니다. 국가를 구성하는 3대 요소가 있는데 그게 무엇인지 아시죠? 첫 번째는 국가의 주체인 국민이 있어야 하겠죠. 두 번째는 국민이 살아가야 할 영토가 필요합니다. 세 번째는 국민이 부여한 나라를 다스릴 힘, 곧 주권이 있어야 합니다. 이 가운데 영토에 대해 잠깐 생각해 볼까요?

우리나라 영토 규모는 유엔에 가입한 200여 나라 중에 110번째 정도 됩니다. 그러니까 매우 협소한 영토에서 살고 있습니다. 뉴스 같은 데서 자주 듣는 이야기지만, 현대 국제사회에서 영토 문제는 아주 민감한 사안입니다. 1밀리미터의 영토도 양보하지 않겠다면서 서로 분쟁을 벌이는 나라가 많아요. 우리나라가 세계 110위 정도밖에 안 되는 영토에서 10위권의 경제 대국을 이루고 있는 건 정말 대단한 일입니다. 그래도 영토가 좀 더 넓었으면 좋겠다는 생각이 들어요. 영토를 거대하게 넓히는 방법이 하나 있기는 해요. 바로 우주입니다. 오늘 여러분과 우주 영토를 개척하는 방법과 의미에 대해 이야기해 볼까 합니다.

우주를 가기 위해서는 교통수단이 필요하겠죠. 현재로서는 로켓이 유일합니다. 로켓은 몸통에 연료와 산화제(연료가 잘 타서 효율을 높이도록 돕는 보조 재료. 추진제)를 저장했다가, 이걸 태웁니다. 그러면 매우 높은 고온·고압 가스가 발생하면서 노즐이라는 관을 통해 분출됩니다. 그러면 로켓은 힘(추력)을 얻어서 하늘로 날아가는 원리입니다. 풍선에 공기를 채워서 주둥이를 놓으면 공중으로 날아오르는 작용 반작용 원리와 같습니다.

로켓의 역사를 잠깐 살펴볼까요? 13세기에 대제국을 건설한 몽골 칭기즈칸의 아들 오고타이는 1232년에 다른 나라를 공격하기 위해서 새로운 무기를 만들었어요. 화살에 화약통을 묶은 다음, 불을 붙여서 화살을 멀리 날려 보낸 것입니다. 인류 역사 최초의 원시적인 로켓 화살인 셈입니다. 우리나라는 세종대왕 때 신기전을 만들었다고 해요. 화살을 여러 발 장전한 다음, 화약에 불을 붙여 한꺼번에 발사하는 기계인데, 요즘으로 말하면 다연장 로켓포입니다. 또 15세기에 이탈리아 발명가 폰타나가 화약의 추진력으로 물 위를 움직여서 목표를 공격하는 수상 어뢰를 만들었다는 기록도 있어요.

로켓으로 우주를 여행하는 아이디어를 과학적으로 설명한 사람은 러시아 과학자 치올코프스키예요. 이때가 미국의 라이트 형제가 비행기를 만들어서 하늘을 나는 데 성공했던 시기입니다. 치올코프스키는 다단계 액체연료 로켓, 연소실 제작, 추력의 방향 전환, 우주정거장 설계 등을 이론적으로 정립했습니다. 그야말로 현대 우주 과학 분야에서 모두 실행되고 있는 기술의 이론적 토대를 만든 것이죠.

로켓 역사에서 미국 과학자 로버트 고다드를 빼놓을 수 없습니다. 고다드는 1926년에 액체연료(휘발유)와 액체산소를 이용해서 로켓을 2.5초 동안 56미터 상공으로 쏘아 올리는 데 성공합니다. 그 당시 미국에서는 고다드의 성과물을 눈여겨보지 않았습니다. 액체연료 로켓의 가치를 알아본 건 오히려 멀리 바다 건너 독일의 과학자 폰 브라운이었습니다.

제2차 세계대전을 일으킨 독일 히틀러는 강력한 전쟁 무기를 만들기 위해서 혈안이 되어 있었습니다. 물적·인적 자원을 쏟아부어서 여러 가지 새로운 살상 무기를 만들었는데, 그중 하나가 바로 V-2 로켓입니다. 그리고 이 프로젝트를 주도했던 과학자가 위에서 말한 폰 브라운 박사입니다.

V-2 로켓과 관련된 에피소드를 하나 알려줄게요. 독일에서 쏘아 올린 V-2 로켓은 수백 킬로미터 떨어진 영국까지 날아가서 정해진 목표 지점에 떨어졌습니다. 영국으로서는 언제 어디서 로켓 폭탄이 날아올지 모르니 피해도 엄청나고 공포도 컸습니다. V-2 로켓이 날아와서 공격하니까, 영국으로서는 이만저만한 골칫거리가 아니었어요. 영국은 V-2 로켓을 막을 방법을 찾으려고 애를 썼습니다. 이 프로젝트 암호명이 '헤드에이크headache'입니다. '두통, 골칫거리' 이런 뜻입니다. 헤드에이크 프로젝트에서 가장 풀리지 않는 문제는 무엇이었을까요?

당시는 컴퓨터 기술도 떨어졌고 GPS도 없는 시대였어요. 따라서 로켓 자체가 아주 정교한 조종 장치를 갖추지는 못했어요. 그런데 독일은 어떻게 V-2 로켓을 정해진 목표 지점에 정확하게 떨어뜨렸을까요? 헤드에이크 프로젝트는 오랜 조사 끝에 그 비밀을 밝혀냈어요. 영국에서 활동하던 독일 스파이들이 V-2가 공격할 지점에 몰래 전파 발생기를 가져다 놓은 거죠. 지상에서 전파를 올려보내서 로켓이 전파를 쫓아가는 식으로 비행했던 거예요.

이 사실을 알게 된 영국은 어떤 대책을 짰을까요? 전파 발생기를 여러 군데 흐트러뜨려 놓아서 V-2 로켓이 목표지점을 못 찾게 방해했다고 합니다. 이 전파 방해 프로젝트의 암호명이 '아스피린'이었답니다. 두통(헤드에이크)에는 아스피린만한 게 없었으니까요.

제2차 세계대전에서 독일이 지고 연합군이 독일로 진격했을 때, 미국과 소련은 경쟁적으로 V-2 로켓 공장을 접수하러 들어갑니다. 이때 한발 앞서 들어간 소련이 V-2 설계 도면과 공장에서 일하는 엔지니어들을 독차지했습니다. 뒤늦게 도착한 미국은 빈손으로 돌아서야 했어요. 그나마 그전 전쟁 막바지에 폰 브라운 박사와 연구팀이 미국에 항복해서 그 사람들을 데리고 돌아갈 수 있었죠.

이 사건이 정확한 원인인지는 알 수 없지만, 소련은 1957년 10월 4일에 인류 최초의 인공위성 스푸트니크 1호를 발사하는 데 성공했어요. 스푸트니크 1호는 V-2 로켓 기술을 기반으로 국가 차원의 전폭적인 지원에 힘입어 미국보다 빨리 우주에 다다를 수 있었어요. 한편, 미국으로 간 폰 브라운 박사는 훗날 미국 항공우주국(나사)에서 일하면서 1969년에 아폴로 11호가 달에 착륙하는 데 핵심적인 역할을 맡았습니다.

우주발사체 원리

●

우주 과학 분야에서 로켓이란 우주선이나 인공위성을 실어서 우주 공간으로 올려보내는 장치를 말하고, 이 구성물을 통틀어 우주발사체라고 합니다. 로켓은 아주 간단한 물리법칙인 작용 반작용 원리로 발사됩니다. 연료를 태워서 생기는 추력으로 중력을 거슬러 날아오르는 방식입니다.

로켓 연료에는 알루미늄·황 등을 쓰는 고체연료, 가솔린·등유 등을 쓰는 액체연료, 고체와 액체를 섞어서 쓰는 하이브리드형 연

로켓 연료 비교

화학로켓

액체로켓	고체로켓	하이브리드로켓
산화제+연료 모두 액체	산화제+연료 모두 고체	산화제:액체 / 연료:고체
추력 조절 재시동 가능	추력 조절 재시동 불가능	추력 조절 재시동 가능
높은 비추력	낮은 비추력	중간 성능의 비추력
재사용 가능	일회용	재사용 가능
디자인 복합	디자인 단순	액체 시스템에 비해 디자인 단순
추진제 연소 가스 독성	추진제 연소 가스 독성	추진체 연소 가스 무독성
추진제 누출 위험 있음	추진제 누출 위험 없음	추진제 누출 위험 없음
폭발 위험성 있음	폭발 위험성 있음	촉발 위험성 없음
연소 불안정	짧은 시간 동안 큰 추력 발생	낮은 후퇴율, OF 비변화

비화학로켓은 전지 추진, 원자력 추진, 빔에너지 가열 등을 사용한다.

료가 있습니다. 액체연료는 단위 킬로그램당 연료가 들어 올리는 힘이 가장 좋고, 또 연료량을 조절할 수 있습니다. 이에 비해 고체연료는 한번 연소를 시작하면 연료량을 조절할 수 없다는 단점이 있지만, 보관하거나 다루기가 쉽다는 장점이 있습니다. 생각해 보세요. 석유보다 성냥이 보관하기가 쉽지 않습니까? 그래서 고체연료는 전쟁 무기의 연료로 많이 활용됩니다.

앞서 말했듯이 우주선 로켓은 주로 액체연료를 태워서 생기는 가스를 노즐로 분출해서 그 힘으로 추진력을 얻습니다. 이때 무거운 우주선을 밀어 올리려면 연료가 빠르게 타서 가스의 추력을 최대한 키워야겠죠? 그래서 액체산소·과산화수소 같은 산화제를 사용해서 연료가 불타는 효율을 높입니다.

최근에는 연료와 산화제를 태워서 분사하는 연소 화학작용 방식에서 벗어나 비화학작용 방식의 로켓이 새롭게 연구되고 있습니다. 비화학 로켓에는 원자로에서 발생하는 열을 이용하는 핵에너지 방식, 전기장 원리에서 추진력을 얻는 이온 방식 등이 있지만, 실용화되려면 더 시간이 필요할 듯합니다.

우주발사체와 ICBM의 차이

●

스푸트니크 1호가 우주로 나아간 이후, 7000여 개 우주발사체가 발사됐습니다. 현재 3400여 개의 인공위성이 지구 궤도를 돌고 있으며, 2021년에만 1400여 개가 쏘아 올려졌습니다. 세계 각국이 경쟁적으로 우주로 진출하고 있으며, 따라서 우주발사체는 해마다 더 늘어날 것입니다. 국제사회는 시간이 갈수록 경쟁적으로 우주로 진출할 게 뻔합니다. 숫자만 봐도 여러분들이 이해할 수 있겠죠?

과학기술은 양면성을 가지고 있습니다. 예를 들어서 칼을 주방에서 쓰면 맛있는 음식을 만들어 주지만, 사람을 다치게 하는 데 쓰면 흉기고 무기가 됩니다. 이렇게 사용하는 용도에 따라 양면성을 가진 기술을 '이중 용도 기술듀얼 유즈 테크놀로지'이라고 합니다. 인공위성을 우주로 보내는 데 사용하거나, 심우주를 탐사하는 우주선으로 사용하면 우주발사체는 인류에 큰 도움이 됩니다. 하지만 ICBM대륙간탄도미사일 같은 대량살상무기 운반체로 사용하면 정말 어마어마한 비극을 불러일으킵니다. 우주발사체와 ICBM은 로켓의 원리와 비행 가능 거리 등에서 사실상 차이가 없습니다. 로켓에 무엇을 실었는지, 최종 목표 지점을 어디로 잡았는지 차이가 있을 뿐입니다.

이처럼 두 얼굴을 한 이중 용도 기술을 두고 세계 각국의 통제와 경쟁이 치열합니다. 이 뛰어난 이중 용도 기술을 가지고 있는 나라는 어떤 이유로도 다른 나라에 기술을 이전하거나 제품을 판매하지 않습니다. 우리나라에서 나로호를 만들어 쏘아 올리는 과정에서 러시아 우주 개발 회사와 협력했지만, 서로의 기술을 공개하거나 이전하지 않았습니다. 우리가 개발한 기술은 우리 스스로 배우고 연구한 결과물이지, 절대로 누군가로부터 전달받은 건 없었습니다. 이처럼 기술 이전이 원천적으로 차단되다 보니까, 오늘날 한 나라의 우주과학 수준은 곧 그 나라의 독자적인 과학기술 수준은 물론이고 정보력과 경제력 등을 드러내는 지표로 인식되기도 합니다.

우주발사체와 ICBM 비교

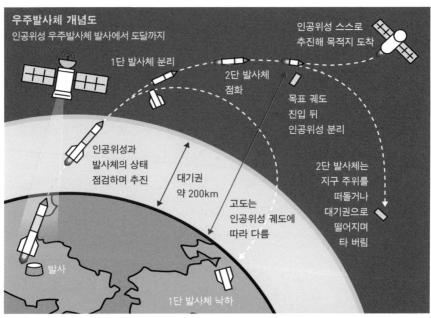

우주발사체 개념도
인공위성 우주발사체 발사에서 도달까지

1단 발사체 분리

2단 발사체 점화

목표 궤도 진입 뒤 인공위성 분리

인공위성 스스로 추진해 목적지 도착

인공위성과 발사체의 상태 점검하며 추진

대기권 약 200km

고도는 인공위성 궤도에 따라 다름

2단 발사체는 지구 주위를 떠돌거나 대기권으로 떨어지며 타 버림

발사

1단 발사체 낙하

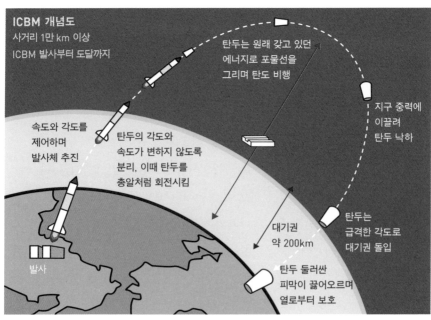

ICBM 개념도
사거리 1만 km 이상
ICBM 발사부터 도달까지

탄두는 원래 갖고 있던 에너지로 포물선을 그리며 탄도 비행

지구 중력에 이끌려 탄두 낙하

속도와 각도를 제어하며 발사체 추진

탄두의 각도와 속도가 변하지 않도록 분리, 이때 탄두를 총알처럼 회전시킴

대기권 약 200km

탄두는 급격한 각도로 대기권 돌입

발사

탄두 둘러싼 피막이 끓어오르며 열로부터 보호

신우주 시대의 개막

•

1955~1975년에 국제사회는 미국과 소련이 중심이 된 냉전시대였습니다. 이 시기에 두 나라는 군사적 목적과 국력을 과시하기 위해 경쟁적으로 우주 개발에 뛰어들었습니다. 냉전시대가 끝나면서 미국과 소련의 우주 개발 속도가 느려졌어요. 비용이 너무 많이 들어가니까 계속 무한경쟁할 수 없었기 때문입니다. 그 대신 미국과 소련 중심에서 벗어나 프랑스가 주축이 된 유럽·일본·중국·인도·이스라엘 등이 우주 개발에 뛰어들었습니다. 신우주 시대가 열린 것입니다.

또 최근에는 일론 머스크의 스페이스X, 제프 베이조스의 블루 오리진, 리처드 브랜슨의 버진 갤럭틱 같은 민간기업이 우주 개발에 참여했어요. 자기네 기업의 기술력을 내보여 기업 이미지를 개선하고, 나아가 우주여행 상품을 개발해서 돈을 벌어들이려는 목적이에요. 이로써 민간 차원의 우주 개발이 시작되었습니다.

그중에서 우주발사체를 가장 활발하게 쏘아 올리는 기업이 스페이스X입니다. 우주발사체 하나를 쏘아 올리려면 대략 500~1000억 정도 들어갑니다. 그런데 스페이스X는, 지금은 좀 비싸게 비용이 들지만, 사용한 로켓을 회수해서 재사용하면 1/3 수준으로 절약될 거라고 말해요. 이론적으로는 제법 그럴싸해 보이죠? 하지만 지금까지는 오히려 비용이 더 많이 들어가고 있습니다. 이론적으로는 절약될 것 같은데, 실제로 해보면 그렇지 않아요. 왜냐하면 다시 회수해서 고쳐서 재생하기까지 많은 비용이 들어가기 때문입니다. 어쨌거나 일부 우주항공 엔지니어는 앞으로 1/3까지는 아니지만, 1/2 수준까지는 절약할 수 있을 거라고 예상하기도 해요.

이 밖에도 스페이스X는 이런저런 획기적인 아이디어를 내놓고 있어요. 심지어 2029년까지 화성에 정착 시설을 만들어서 지구인을 이주시키겠다는 계획도 발표했어요. 일론 머스크의 행보는 사람들의 이목을 끌고 있으며 주식 시장에서도 상당한 강자로 올라 있습니다.

과연 스페이스X의 계획과 도전이 성공할까요? 우주발사체 하나를 개발하는 데 경험을 가진 나라는 7∼8년, 우리나라는 10년 정도 걸립니다. 비용도 몇 조 단위로 들어가고요. 게다가 그렇게 많은 인력과 돈을 투자했다고 해서 반드시 성공한다는 보장이 없습니다. 실패 위험도가 매우 높습니다. 결국은 개인이나 기업에서 추진하기는 매우 어렵다고 봐요. 국가가 국민적 동의를 받아서 수행할 수밖에 없다고 생각합니다. 앞으로 어떻게 환경이 바뀔지 모르지만, 지금의 과학기술 수준을 기준으로 보자면 그렇다는 이야기입니다.

개인 기업의 성공 여부와 별개로, 우주는 정말 '시장'으로서 가치를 가지고 있을까요? 우주 개발을 통해서 정말 돈을 벌어들일 수 있을까요? 세계적인 금융그룹 모건스탠리와 메릴린치의 예측에 따르면 우주의 시장 가치는 2040년에 1천조 이상, 2050년에 3천조 이상으로 커질 거라고 해요. 우주발사체에 들어가는 비용을 비롯해서, 인공위성이나 우주탐사선을 활용하는 시장이 어마어마하게 커질 거라는 얘기입니다.

예를 들어 현대 문명 사회에서 인공위성의 역할은 절대적입니다. 텔레비전 방송, 스마트폰의 지도와 위치 추적 기능, 자동차의 내비게이션처럼 우리가 일상적으로 편리하게 사용하는 대부분 문명의

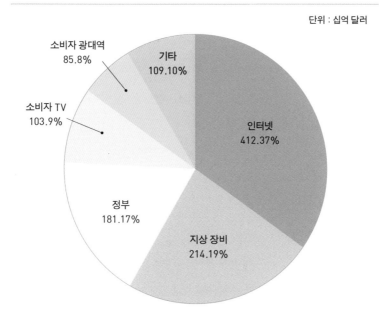

2040년 우주 경제 성장 예측

단위 : 십억 달러

소비자 광대역
85.8%

기타
109.10%

소비자 TV
103.9%

인터넷
412.37%

정부
181.17%

지상 장비
214.19%

※ 2040년 우주산업 규모는 1조 1040억달러 추정(모건스탠리)
※ 30년 후 우주산업 규모는 2조 7000억달러 추정(뱅크 오브 아메리카 메릴린치)
　성장 주요 요인은 우주 시장에 민간 참여 확대, 발사 비용 하락, 80개국 이상에서 투자 등

출처 : Satellite Industry Association, Morgan Stanley Research, Thomson Reuters

이기는 인공위성의 역할이 절대적입니다. 요즘 우리나라 기상 예보가 과거에 비해 정확도가 굉장히 높아졌는데, 그 이유는 독자적인 천리안 위성을 통해서 기후 정보를 확인할 수 있기 때문입니다. 인공위성 기술은 앞으로 더 다양하고 깊숙하게 우리 생활에 밀착해서 거대한 변화를 가져올 것입니다.

우주탐사선과 천체망원경 등으로 우주의 비밀을 풀어내서 얻는 정보량도 폭발적으로 증가하고 있습니다. 심우주의 비밀을 풀어 가는 게 단순히 지적 호기심 때문만은 아닙니다. 우주의 생성과 운행 원리를 찾아가는 과정에서 필연적으로 과학기술이 발전합니다. 또 언젠가는 외계 행성이나 소행성 등에서 인류에게 필요한 물질을 가져올 수도 있고, 인류가 새롭게 정착할 수 있는 행성을 발견할지도 모릅니다. 우주탐사를 통해 말 그대로 영토를 넓힐 수 있으니 가치로 따질 수 없을 만큼 중요합니다.

나로호와 누리호

●

왜 우주발사체 기술 개발에 힘을 쏟아야 할까요? 앞서도 이야기 했지만 아무도 스스로 가르쳐 주지 않고 아무도 팔지 않아요. 그러니까 필요하면 우리가 만들어야 합니다. 국제사회는 우주 영토를 개척하기 위해 경쟁적으로 기술을 개발하고 있어요. 얼마나 효율적인 우주발사체를 쏘아 올려서 우주 공간을 어떻게 활용하느냐에 따라서 그 나라의 사회 인프라가 향상되고 산업적 파급력이 확장되기 때문이에요. 여기에 국민의 자긍심도 고취되고 국제사회에서 위상도 높아집니다. 무엇보다 안보 전략적 측면도 무시할 수 없습니다. 국가가 존립하기 위해서는 우주발사체 기술이 매우 중요합니다.

이 경쟁에서 우리나라도 뒤처질 수 없겠죠? 우리의 우주 개발 현황을 간략히 소개하자면, 우리나라는 다른 선진국에 비해서는 많이 늦은 편이었습니다. 1950년대부터 1980년대까지는 그야말로 폐허에서 살아남기 위해 발버둥치던 시기라 우주 개발에 신경 쓸 겨를이 없었습니다. 우리나라는 1996년에 비로소 우주개발중장기기본

〔표〕 발사체 기술 자립의 필요성

> ▶ **안보 전략적 측면 : 독자 우주 개발 능력 확보**
> - 발사체 자력 발사 능력 확보로 국가 우주 개발 계획의 안정적 독자적 수행
> - 발사체 기술의 자주권 확립

> ▶ **우주 활용 측면 : 공공 목적의 위성 활용 증가에 대응**
> - 공공 수요 목적의 위성 발사 수요 증가(기상·해양·환경·농업·임업·도시 계획 목적의 위성 수요)
> - 2040년까지 총 115개 위성 발사 수요 대응 필요(우주 개발 중장기 계획)

> ▶ **기술·산업적 측면 : 발사체 핵심 기술 확보**
> - 첨단 기술과 전통 기술이 복합적으로 결합된 거대 복합 시스템인 발사체 개발 기술 확보
> - 국내 관련 산업계에 기술 파급 효과 증대

> ▶ **사회적 측면 : 국민의 자긍심 고취와 국가 신뢰도 향상**
> - 국가 위상과 국가 신뢰도 제고, 국민의 자긍심 고취

계획을 세웠어요. 그리고 우주개발 진흥법에 따라 지금껏 우주 개발을 수행하고 있습니다. 그동안 우리는 여섯 종류의 로켓을 이용해 열 번 우주발사체를 쏘아 올렸습니다. 그중에서 네 번을 실패했습니다. 저도 여기에 참여했는데요. 그러니까 제 인생을 로켓 연구와 개발에 바쳤는데 60퍼센트밖에 성공하지 못했습니다.

여러분, 2013년 나로호 발사 영상 보셨나요? 그때 영상을 보면 로켓이 처음 발사되어 올라갈 때 표면에서 뭐가 우수수 떨어집니다. 그게 뭐냐면 얼음입니다. 나로호는 95톤 정도의 액체 산소를 실었는데, 액체산소가 영하 183도입니다. 그 온도 때문에 로켓 몸통에 얼음 결정체가 생겼고, 이륙할 때 진동이 발생하면서 후드득 떨

어졌던 거죠.

나로과학위성STSAT-2C을 나로호KSLV-I에 실어서 지구 저궤도(고도 3백~1천5백 킬로미터 사이 우주 공간)에 쏘아 올리는 데 성공했어요. 이로써 대한민국은 세계 열한 번째로 자국 기술로 우주발사체 발사에 성공한 나라가 되었습니다. 나로과학위성은 1년간 우주 공간에서 지구 궤도를 하루 열네 바퀴씩 돌면서 우주방사선 양과 이온층 등 우주 환경 관측 임무를 수행했습니다.

나로호 발사에 성공하면서 우리나라는 스스로 우주발사체를 개발할 수 있는 기술적 기반을 구축했어요. 나로호가 없었다면 누리호도 개발할 수 없었습니다. 모든 기술은 하루아침에 하늘에서 떨어지고 땅에서 솟아나지 않아요. 정말 오랫동안 꾸준히 인고의 시간을 거쳐야 합니다.

나로호는 2단형 로켓이고, 누리호는 3단형 로켓입니다. 로켓의 기술적 완성도만 따지면 어느 쪽이 더 높을까요? 2단형 로켓, 즉 나로호가 기술적 성취도가 높습니다. 로켓 기술이 좋을수록 소모적인 단계를 덜어 내는 거죠. 인류는 아직 1단형 우주 로켓은 개발하지 못했습니다. 한 단계 도약만으로 우주로 나아갈 수 있는 로켓 기술을 'SSTO Single Stage To Orbit'라고 합니다. 단일 로켓으로 우주까지 궤도까지 갈 수 있을 날이 곧 올 거라고 믿습니다.

누리호는 지난 2021년 10월 21일에 처음 발사되었습니다. 누리호 엔진은, 1단에는 75톤 엔진 네 개를 묶어서 3백 톤의 추력을 내게 하고, 2단은 75톤 추력 엔진 하나, 3단은 7톤 추력 엔진 하나로 구성되었습니다. 안타깝게도 누리호는 성공 직전에 문제를 일으켜 결과적으로 1차 발사는 실패했습니다. 이때 문제를 일으킨 원인은

구분	나로호(2단형)	누리호(3단형)
탑재 중량	100kg	1500kg
투입 고도	300×1500km	600×800km
총 중량	140t	200t
총 길이	33.5m	47.2m
최대 직경	2.9m	3.5m
발사 시기	2009년, 2010년, 2013년	2021년 10월

액체산소 탱크의 누설 때문입니다.

사실 우리는 지난 2018년에 시험 발사체를 한 번 쏘아 올렸어요. 로켓 기술진에서 누리호에 사용할 75톤 엔진을 개발했다고 하니까 외부의 위원회에서 "그러면 시험 발사체를 쏘아 올려 보자" 했어요. 로켓 기술진에서는 굳이 그럴 필요가 없다고 생각했어요. 왜냐하면 75톤 엔진 기술이 이미 수많은 실험을 통해서 설계되었기 때문에 시험 발사체를 쏘아 올리지 않아도 성능을 확신했거든요. 하지만 외부 위원회의 뜻에 따라 시험 발사체를 발사했는데, 이러면서 시간과 비용이 많이 들어갔어요. 다른 분야도 마찬가지지만, 우주항공 분야 관련 프로젝트는 현장 실무자와 전문가의 판단과 결정에 맡겨야 해요. 외부의 입김이 작용하면 혼선이 생길 수밖에 없고, 실무자들은 정작 해야 할 일을 못해서 일을 그르치는 경우도 생깁니다. 안타까운 마음에서 잠깐 말씀드렸습니다.

북한의 로켓 기술 수준

●

로켓 얘기가 나오면, 분단국가의 특수성 때문에 아무래도 남북한의 기술을 비교해 볼 수밖에 없습니다. 북한은 1970년대 중반부터 로켓 개발에 들어갔어요. 소련의 스커드 미사일을 참고해서 기술을 개발했습니다. 그 결과 1993년에 '화성-7'형 미사일 발사에 성공했어요. 500~1000킬로미터 정도를 비행하는 로켓이었습니다. 또 90년대는 상당한 기술적 발전을 이루어, 1998년에 '대포동'이라는 중거리탄도미사일을 발사했습니다. 대포동의 사정거리는 3천~5천 킬로미터 정도에 이르렀습니다. 현재는 1만 킬로미터 떨어진 미국 본토까지 비행할 수 있는 로켓 기술을 갖추고 있다고 합니다.

참고로 북한의 로켓은 소련의 미사일 무기 기술을 가져왔기 때문에, 대부분 상온 저장 연료와 산화제를 씁니다. 상온에서 오랫동안 저장할 수 있는 재료는 관리하는 데 편리할지는 몰라도 상대적으로 효율성이 떨어집니다. 이에 비해 우리는 연비 효율성을 높이기 위해 액체산소를 쓰고 있습니다. 기체인 산소가 액체산소로 바뀌는 온도가 영하 183도이기 때문에 극저온을 다루기 위해서는 고도의 기술이 필요합니다.

북한에서는 몇 번에 걸쳐서 인공위성을 쏘아 올리려고 시도했어요. 1898년 '백두산 1호'를 시작으로 2012년까지 서너 차례 로켓을 쏘아 올렸지만 발사 자체에 실패했어요. 또 2012년 '은하 3호'와 2016년 '광명성호'는 발사에는 성공했지만, 인공위성을 정상적으로 작동시키는 데 실패했어요. 예를 들어 광명성 인공위성은 2016년 2월 7일에 발사됐고, 우리가 2월 9일에 광명성에서 보내는 전파를 조사해 봤어요. 그랬더니 전파 신호의 강도를 나타내는 그래프가 한 번은 굉장히 높게 나오다가 한 번은 낮게 나오다가 했습니다. 마치 수학의 사인 그래프 곡선처럼 나타난 거죠. 이런 현상이 일어나는 이유는 인공위성이 전파를 일정하게 보내지 못하기 때문이에요. 그러니까 인공위성이 똑바로 서지 못하고 자꾸 뒤집히면서 한 번은 지구로 전파를 보내다가 또 한 번은 우주로 전파를 보내고 있는 거죠. 인공위성으로서 기능을 하지 못한다는 증거입니다.

우리나라 고유의 우주발사체 기술

●

우리나라가 우주 개발에 본격적으로 뛰어든 지가 25년쯤 되었습니다. 한국항공우주연구원은 그동안 우리 땅에서 우리 힘으로 우주발사체를 개발하기 위해 열심히 연구하고 기술을 개발해 왔습니다. 앞서 말했듯이, 우주발사체 기술에 대한 국제사회의 현실은 냉혹합니다. 아무도 기술을 공유하거나 물건을 팔지 않습니다. 한국항공우주연구원은 면화를 처음 들여온 문익점의 마음으로 기술 개발을 추진해 왔습니다. 우리 고유의 기술을 만들기 위해 부단히 노력했고, 그 결과 우리가 원할 때면 언제라도 쏘아 올릴 수 있는 우주발사체 상용화 단계로 도약하고 있습니다. 그동안 우리가 독자적으로 개발한 기술을 몇 가지 소개하겠습니다.

첫째, 75톤 액체연료 엔진입니다. 지속적이고 안정적으로 75톤 무게를 들어 올리는 추력을 내기 위해서는 액체연료와 산화제를 제어하는 기술, 뜨거운 온도와 충격을 견딜 수 있는 동체 등 다양한

75톤 액체연료 엔진

분야에서 고도의 기술이 필요합니다. 연료를 태우면 가운데 커다란 노즐에서 화염이 분출됩니다. 그러면 노즐 왼쪽의 작은 배기관은 정체가 무엇일까요? 터보 펌프를 돌리면서 생긴 일종의 배기가스입니다. 75톤 엔진에서 연소되지 못하고 버려지는 1톤 정도 추력의 잔존물입니다. 버려진다는 표현은 좀 어폐가 있는데, 이 배기가스는 발사체의 자세를 조정한다거나 하는 부수적인 목적으로 사용됩니다.

둘째, 75톤 액체 엔진 단(스테이지)입니다. 우주 공간으로 우주선과 인공위성을 쏘아 올리기 위해서는 2단 3단의 로켓이 필요하다고 했지요? 지상에서 1단 로켓이 연료를 연소해서 발사한 후 연료가 떨어지면 그게 분리되고, 그다음 2단 로켓이 연소하면서 추력을 일으킵니다. 우주발사체 기술 중에서도 매우 정교하고 정밀한 기술입니다.

셋째, 차세대 대형 발사체를 위해 연구하고 있는 9톤급 엔진, 클로즈드 사이클Closed Cycle입니다. 터보 펌프를 돌린 배기가스를 버리지 않고, 다시 피드백해서 연소실에 집어넣어서 태웁니다. 이렇게 하면 효율이 15퍼센트 정도 좋아집니다.

예를 들어서 누리호 같은 경우는 엔진 하나가 액체연료를 1초에 250리터 정도를 씁니다. 여러분 드럼통 아시죠? 이 드럼통이 일반적으로 2백 리터 용량이에요. 그러니까 1초에 한 드럼통보다 많은 연료를 한정된 기관에서 태운다고 생각해 보세요. 고도의 기술이 집약되지 않으면 불가능합니다. 그 정도로 많은 연료가 한꺼번에 연소하기 위해서는 터보 펌프가 필요합니다. 터보 펌프로 많은 양의 연료를 밀어내다 보면 그 과정에서 제대로 연소되지 않고 배출되는 연료가 생길 수밖에 없죠.

우주항공 엔지니어들은 연소되지 않고 버려지는 연료를 1퍼센트 아끼기 위해 정말 뼈를 깎는 노력을 합니다. 물론 다른 나라 연구팀도 상황은 마찬가지입니다. 그런데 우리가 개발하는 클로즈드 사이클이 상용화되면 15퍼센트 정도 연비를 절감할 수 있습니다. 연비 15퍼센트 절감은 정말 꿈의 수치입니다. 이 기술을 우리가 가장 먼저 상용화할 수 있기를 바라고, 또 노력하겠습니다.

이 밖에도 우리는 그동안 우주항공 분야에서 독자적인 기술을 개발해 왔습니다. 현시점에서 지상 설비와 우주발사체 기술은 안정적인 수준에 다다랐습니다. 나로호와 누리호를 개발하는 과정에서 러시아에 일정 부분 기술을 수출했고, 또 미국에서 우리 액체 엔진을 사겠다고 했습니다. 어디와 비교해도 뒤처지지 않을 만큼 발전했다고 자부합니다.

하지만 아직 부족한 부분이 있습니다. 예를 들어 국내산 원자재 품질 수준을 향상할 필요가 있어요. 민감한 기술을 다루는 만큼 국제적으로 신뢰 관계를 강화하는 것도 아주 필요합니다. 국제사회에서 우리의 기술 수준을 믿지 못하면 아무 일도 할 수 없으니까요.

지난번 누리호 발사가 성공적으로 이루어졌으면 좋았겠지만, 안타깝게도 성공 직전에 문제가 생겼습니다. 정말 죄스럽고 송구스러운 마음입니다. 다음에는 정말 잘 준비해서 꺼지지 않는 아름다운 불꽃을 보여줄 수 있도록 최선의 노력을 하겠습니다.

마지막으로, 저는 우리나라에서는 그래도 로켓 발사를 제일 많이 한 사람 가운데 한 명입니다. 앞서 이야기했듯이, 열 번 발사했는데 여섯 번 성공하고 네 번 실패했습니다. 제가 만난 다른 나라 전문가 중에는 100번, 300번 발사한 분도 있어요. 그런 사람들은 거의 뭐 달관한 도사처럼 보여요. 이분들도 실패를 많이 경험했거든요. 직업적으로 보면 참 실패를 많이 해야 합니다. 실패했다고 좌절하면 거기서 끝이지만 실패를 교훈 삼아서 도전하고 또 도전했기 때문에 그분들이 지금의 성과를 내올 수 있었다고 생각합니다.

제 좌우명이 '감인대'입니다. 한자 말로 '견딜 감堪', '참을 인忍', '기다릴 대待', '참고 인내하고 기다린다'는 뜻입니다. 여러분도 실패를 절대로 두려워하지 마세요. 실패를 두려워하면 아무것도 하지 못합니다. 실패로부터 배우고 계속 도전하면 무언가를 이룰 수 있습니다. 지금 당장 조금 힘들고 어렵더라도 먼 미래를 보고 포기하지 마세요.

누리호 2차 발사 장면_2022년 6월, 누리호 2차 발사는 성공적으로 진행되었다.

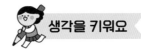

Q. 01

우리나라가 여러 문제로 우주 개발 기술이 늦었다고 하셨는데 다른
나라와 비교했을 때 기술 차이가 얼마 정도 나나요?

답변하기 아주 어려운 질문입니다. 왜냐하면 우주항공 분야는 거대
복합 기술이거든요. 가장 단순한 예로, 누리호에 들어가는 부품 수가
한 37만 개 정도 되고, 전기 케이블 길이가 38킬로미터입니다. 그렇
게 많은 분야의 기술이 집약되기 때문에 하나의 수치로 비교하기가
어렵습니다. 게다가 앞서 말했듯이 국제사회는 자기네가 보유한 기술
을 절대로 공개하지 않아요. 따라서 우주발사체가 외형적으로 작동하
는 패턴을 보고 대략적으로 판단할 수밖에 없습니다.
다만 우주항공 관련 전문가들은 선진국 대비 80~85퍼센트 수준까지
왔다고 평가합니다. 대략 5년 정도 격차로 보면 될 듯합니다.

Q. 02

3단형 로켓과 2단형 로켓이 만들어지는 과정을 좀 더 자세히 설명해
주세요.

먼저 로켓 발사체 입장에서 보자면, 인공위성은 우주여행을 떠나는
손님입니다. 인공위성을 만드는 팀에서 로켓 발사체를 만드는 팀에,
'이 인공위성을 어떠어떠한 조건의 궤도에 올려 주세요' 하고 요청이
들어옵니다. 그러면 로켓 발사체 개발팀은 인공위성의 무게와 고도
등을 고려해서 얼마만큼의 추진력이 필요한지 계산합니다.
인공위성의 무게나 다다를 고도에 따라서 다르지만, 우주발사체는 보

통 초속 7~8킬로미터 정도로 속도를 내야 합니다. 3단 로켓 발사체라고 한다면, 초속 7~8킬로미터로 날아가기 위해서는, 1단에서 초속 1.83킬로미터, 2단에서 초속 4.36킬로미터, 3단에서 초속 7.5킬로미터, 이렇게 단계적으로 단별 최고 속도를 올립니다. 만약 2단 로켓으로 인공위성을 쏘아 올릴 기술이 된다면 거기에 맞춰서 속도를 2단계로 조절하면 되겠죠?

그다음에 발사장 위치가 어디에 있는지도 고려해야 합니다. 우리나라는 전라남도 고흥 나로도에서 쏘는데, 이때 우주발사체는 일본 오키나와 열도, 필리핀 등의 하늘을 통과하게 됩니다. 혹시 우주발사체가 잘못돼서 그런 나라에 피해를 주면 안 되기 때문에 그 경로를 피해서 날아가는 항로를 정밀하게 계산해야 합니다.

Q. 03
지금까지 우주 개발에 들어간 비용에 대비해서 과연 얼마나 효과를 냈을까요? 오히려 그 비용을 기아나 물 문제 등을 해결하는 데 쓰는 게 좋지 않을까요?

로켓 개발자로서 이 부분에 대해 의견을 내기가 굉장히 조심스럽습니다. 우리나라만 해도 어렵게 사는 사람, 교육을 제대로 못 받는 사람이 많아요. 물론 그런 사람들을 돌보고 지원하는 일은 아주 중요합니다. 하지만 국가와 인류의 발전을 어느 한쪽 측면만 가지고 평가하거나 재단할 수는 없습니다. 기아와 질병을 해결하는 게 인류의 시급한 문제인 것은 분명합니다. 하지만 그렇다고 해서 모든 사회 비용을 이 문제를 해결하는 데 쓸 수는 없다고 생각해요. 또 우주 기술을 개발해서 인류의 삶의 질을 높이는 데 일정하게 기여한 측면도 있을 테고요. 물론 시기에 따라 어떤 분야가 더 중요하고 시급한지를 결정하는 것은 정책 결정권자 몫이고, 또 국민의 지지와 동의가 필요하겠죠. 다만 조심스럽게 의견을 드리자면, 우리 국가와 인류의 상황을 볼 때, 우주 개발은 멈출 수도 미룰 수도 없는 아주 중요한 분야가 아닐까 생각합니다.

Q. 04
훈련을 받지 않은 일반인이 대기권을 돌파할 때 여러 어려움을 겪는 다고 들었는데, 이 어려움을 극복하기 위한 기술은 지금 어느 방향 으로 발전하고 있나요?

우주 비행체가 지표면에 정지한 상태에서 출발한다고 가정하면 땅에 서 속도가 제로잖아요. 그럼 일정한 속도에 이르기까지 가속도를 내 야 합니다. 이때 우주비행체에 타고 있는 사람은 가속도에 따라 압력 을 느낄 수밖에 없습니다. 갑자기 높은 압력을 받으면 순간적으로 기 절할 수도 있습니다. 그래서 우주비행사들은 가속도 압력을 견디는 훈련을 받습니다. 이때 어떤 사람은 압력을 이기지 못하고 기절하기 도 합니다.

훈련을 받은 전문 비행사들도 이런 지경인데, 일반인이 그런 압력을 견디기는 힘들겠죠? 민간 우주항공 시대에 발맞춰서 최근에는 가속 도가 아주 천천히 증가하는 로켓 기술을 개발하고 있습니다. 또 가속 도에 대한 충격을 적게 받는 방식으로 비행체를 설계하려는 연구도 진행되고 있습니다. 아마도 우주여행이 일상화될 때쯤에는 가속도에 따른 압력 문제를 해결할 수 있을 거라고 생각합니다.

Q. 05
대학교에서 어떤 전공을 해야 항공우주연구원에서 일할 수 있나요?

결론부터 말씀드리자면, 어떤 전공을 했느냐는 중요하지 않습니다. 어떤 전공이더라도 우주항공에 응용할 수 있는 분야라면 괜찮습니다. 지금 항공우주연구원에는 항공공학이나 기계공학은 물론이고, 전기·전자·화학·물리·컴퓨터·재료·수학 분야의 전문가들이 다 모여 있습니다. 그런 분야가 다 모여서 협력해야 로켓과 인공위성을 만들 수 있습니다. 거듭 말하지만, 우주항공은 거대하고 복합적이고 종합적인 기술의 집합체입니다. 단순히 기계공학이나 우주공학 분야의 관계자만으로 구성되지 않습니다.

나아가 우주 개발을 인문학적으로 어떻게 접근할지도 중요합니다. 그래서 저는 개인적으로 인문학자도 우주항공 프로젝트에 모셔야 한다고 생각합니다.

나를 찾아서
나를 만들기

홍승찬

어떤 삶이 성공적인 삶일까?
남부럽게 살기보다는
스스로 부끄럽지 않게 사는 삶이
바로 성공한 삶이다.
날마다 스스로 작은 원칙을 정해서
스스로 실천하는 과정이 거듭되면
내가 꿈꾸는 삶이 가능해질 것이다.

PROFILE

홍승찬

현재 한국예술종합학교 예술경영 전공 교수이다. 서울대학교 음악대학 작곡과 이론 전공으로 학부를 졸업하고, 서울대학교 대학원 음악학 전공으로 석사학위를 받았으며 동 대학원 서양음악학 전공 박사 과정을 수료했다. 부천문화재단 이사장, KBS 교향악단 이사, 예술의 전당 이사 및 공연예술감독, 의정부 국제음악극축제 예술감독을 지냈고, 대통령실 문화정책 자문위원, 국립무용단 자문위원 등으로 일했다. 또 문화예술위원회 올해의 예술상 운영위원장, KBS 교향악단 운영위원, 국립발레단 운영위원, 부산오페라하우스 건립 추진위원 등도 지냈다. 그동안 쓴 책으로는 《예술 경영입문》《예술경영의 이론과 실제》《클래식이 필요한 순간들》《그땐 미처 몰랐던 클래식의 즐거움》《나를 꿈꾸게 하는 클래식》《오 클래식》《생각의 정거장》《오늘도 소중한 하루》가 있고, 공저로 《인문학 명강(서양 고전편)》이 있다.

클래식, 파격과 혁신의 아이콘

●

한국예술종합학교에서 학생들을 가르치는 홍승찬입니다. 코로나 때문에 일상생활하기가 쉽지 않죠? 날마다 조금 혼란스럽고 또 많이 힘이 듭니다. 요즘 같은 시기에 어떤 이야기로 여러분한테 조금이라도 힘이 되고 희망을 줄 수 있을까 많이 고민했는데요. 아무래도 저는 클래식 음악을 공부하고 강의하는 사람이라, 클래식을 소재로 삼아서 이야기하는 게 좋을 것 같아요.

여러분은 클래식 음악에 관심이 없다고 해도 베토벤이 누구인지는 알고 있겠죠? 저는 최근에 베토벤을 벤치마킹해서 따라 해 보려고 노력하고 있어요. 그래서 베토벤이 날마다 어떻게 살았는지 찾아봤는데요, 그때마다 본받을 만한 모습이 보여서 이걸 여러분께 소개해 드릴까 합니다.

그보다 앞서, 여러분은 대부분 클래식이 지루하고 어렵고 자기와 상관없는 음악이라고 생각하죠? 클래식도 일종의 문화 현상인데요. 어떤 예술 작품이 클래식이 되려면 두 가지 조건을 반드시 충족해야 합니다. 먼저 많은 사람한테 널리 공유돼야 하고, 그다음 오랫동안 전승되고 지속되어야 합니다. 한 시기에 공유되다가 어느 순간 스르르 사라지는 게 아니라, 시대가 거듭되어도 계속 전승되어야 클래식이라고 인정받습니다.

사람들은 클래식이 '꼰대 취향이다' '진부하다' 이렇게 이야기하는데, 그렇지 않습니다. 클래식 중에는 처음 나왔을 때 너무 혁신적이고 파격적이라는 이유로 사람들에게 거부당한 작품도 많습니다. 예를 들어 1960년대에 비틀즈가 처음 나왔을 때, 기존 음악에 익숙했던 사람들은 비틀즈 음악이 너무 아방가르드하다고 비판했어요. 퇴폐적이고 소란스럽고 사회 질서를 어지럽힌다는 거죠. 하지만 그 시기 자유를 갈망하는 젊은이들의 열광적인 호응을 받았고, 다음 세대를 거쳐 지속적으로 사랑받으면서 오늘날에는 클래식으로 인정받고 있거든요.

요즘 우리가 좋아하는 BTS와 블랙핑크도 아마 100~200년쯤 뒤에는 혹시 클래식이 되어 있을 수도 있겠죠? 지금 전 세계적으로 널리 퍼진 상황은 클래식이 되기 위한 두 가지 조건 중에 하나는 충족했고, 앞으로 시간의 테스트를 거쳐서 살아남으면 충분히 가능한 이야기입니다.

클래식은 왜 시대를 뛰어넘어 살아 숨 쉬는 걸까요? 클래식 창조자들은 시대에 순응하기보다는 자기가 살고 싶은 세상, 나아가 사람들과 함께 살고 싶은 세상에 대한 뜨거운 열정과 비전을 만들어 냈어요. 또 이런 혁신과 파격을 실현하기 위해서 날마다 스스로를 돌아보고 자기가 가진 능력을 갈고 닦았습니다. 이처럼 늘 새로운 세상을 상상하고 그걸 작품 속에 담았기 때문에 다음 세대와 교감하고 재해석되어서 새롭게 태어납니다.

여러분이 클래식 작품을 보고 들을 때 그 작품이 어떤 시대에 탄생했으며, 어떤 관습과 틀을 깨뜨렸으며, 왜 사람들로부터 사랑받았는지 생각하면서 접근하면 지루하고 어려운 느낌이 한결 사라지지 않을까 생각합니다.

비틀즈

60개의 커피 원두와
60개의 아이디어

●

한 사람의 됨됨이를 알려면 그 사람의 습관을 보라고 입버릇처럼 말합니다. 그런데 우리가 역사적인 위인의 삶을 돌아볼 때 그 사람의 습관이나 일상적인 모습을 눈여겨보지는 않습니다. 보통은 남다른 재능과 열정, 그로부터 이루어 낸 위대한 업적에 집중하다 보니 평범한 일상을 놓치곤 합니다.

영화 〈꾸뻬 씨의 행복 여행〉이라는 영화가 있는데요. 거기에 나오는 대사가 요즘 제 머릿속에 맴돌고 있습니다. "사랑은 귀 기울여 주는 것이다." 아주 단순한 말이죠. 그런데 실제로 해 보면 참 쉽지 않습니다. 제가 요즘 나이가 들어서 조금 철이 들었는지 집에서 아내가 하는 얘기를 귀 기울여서 들으려고 노력합니다. 그런데 그게 흉내는 내는데 잘 안 돼요. 그래서 늘 아내가 질문을 합니다. "지금 내가 무슨 말 했지?" 귀 기울여 듣지 않았기 때문에 무슨 말을 했는지 잘 모르죠. 그래서 혼나고는 하는데요. 그 사람이 하는 말을 진심으로 귀 기울여서 듣고 공감하려면 방법은 한 가지밖에 없다는 사실을 요즘 깨닫고 있습니다. 날마다 되풀이해서 연습하는 거죠. 그래서 공자도 '학이시습學而時習'하라고 했어요. '학이', 배워서 알았으면. '시습', 날마다 되풀이해서 익혀라. 단조로운 일을 되풀이하는 습관이 아주 중요합니다.

베토벤이 어떤 습관으로 일상을 살았는지 알아볼까요? 사람들은 흔히 예술가는 규칙적인 생활과는 상관없다고 생각합니다. 어떤 영감이 떠오르면 자다가도 벌떡 일어나고, 규칙과 정해진 틀을 싫어

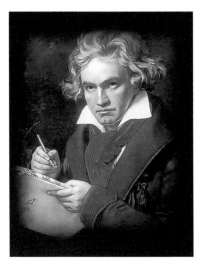

베토벤

해서 고삐 풀린 망아지처럼 제멋대로 살아간다고 생각하는데요. 그런 예술가도 없지 않지만, 나름의 습관과 규칙을 철저하게 지키던 예술가도 많습니다.

먼저, 베토벤은 아침 5시에 일어났습니다. 아무리 늦게 자더라도 날마다 아침 5시면 일어나서 제일 먼저 커피를 내렸습니다. 베토벤은 커피를 음악만큼이나 좋아했습니다. 이때 베토벤은 커피 원두 60개를 일일이 골랐어요. 개수만 세는 게 아니라 크기와 모양을 맞춰 가면서 60개를 골랐어요. 이렇게 60알의 원두를 갈고 커피를 내려서 아침 식사와 함께 마시면서 하루를 시작했다고 합니다. 왜 이런 하찮은 일에 그토록 정성을 쏟았을까요? 베토벤은 "날마다 아침이면 무엇보다 소중한 내 벗과 만난다. 아침에 커피보다 더 좋은 것은 있을 수가 없다. 커피 한 잔에 담긴 60알의 원두는 60개의 아이디어를 일깨워 준다"고 했습니다.

이게 뭐 대수냐고요? 아침에 일어나 가장 먼저 어떤 루틴을 집중해서 규칙적으로 되풀이함으로써 그다음 일상이 나한테 주어지는 거죠. 아침에 일어나는 시간이 일정하다면 그 이후 시간을 어떻게 보낼지도 늘 일정한 계획 안에서 실행할 수 있습니다. 날마다 일어나는 시간이 다르다면 일정한 내 일상의 계획을 세울 수 없습니다. 일단은 똑같은 시간에 일어난다는 게 중요합니다. 그러고는 나만의 정해진 루틴에 따라 무언가에 집중함으로써 마음의 평정을 얻고 다음 일을 준비할 수 있습니다.

우리가 천재의 능력 가운데 많이 간과하는 게 있는데요. 바로 그 분야에 대한 집중력입니다. 짧은 시간에 정신을 한곳에 집중하는 능력입니다. 그게 어느 순간 저절로 되는 게 아니라, 어떤 형태로든 워밍업이 필요합니다. 음악을 듣거나 운동을 하거나 멍하니 앉아 있거나 하면서, 사람마다 자기 스스로 집중할 수 있는 예열 과정을 갖습니다. 그게 베토벤한테는 커피 내리는 일이었던 거죠.

베토벤만 그랬던 게 아니고요, 많은 위인도 하루를 시작하는 자기만의 습관을 가지고 있었습니다. 다산 정약용도 그랬다고 합니다. 유배지에서도 아침에 일어나면 가장 먼저 마당을 쓸었어요. 아마 이른 아침에 마당을 쓸면서 정약용은 하루 시작을 알리고 그다음 계획을 세웠을 것입니다. 늘 되풀이하는 일이 있었기 때문에 공부에 집중하

정약용

고 또 저술에 집중해서 그 많은 저서를 남길 수 있지 않았을까요? 베토벤의 커피와 정약용의 마당 청소는 이분들이 이룬 업적의 가장 중요한 원천이라고 생각합니다.

건강은 거들 뿐,
영감과 자존의 길을 걷다

●

또 베토벤은 날마다 산책을 했습니다. 베토벤은 산책하면서 느낀 감흥을 이렇게 표현했습니다. "나무들이 내게 말을 걸어오고 있지 않은가! 신이시여, 저는 숲속에 있을 때 가장 행복합니다."

얼마나 산책을 소중하게 생각했는지 유명한 일화가 있습니다. 이 그림의 배경은 베토벤이 살았던 하일리겐슈타트는 아니고 온천 도시 테플리츠입니다. 잠시 휴양하기 위해 테플리츠에서 머물던 베토벤은 이곳에서 독일의 뛰어난 문학가 괴테와 만나 친분을 맺습니다. 이날도 베토벤은 괴테와 만나 산책을 즐기고 있었습니다. 그런데 맞은편에서 걸어오는 왕족 일행을 만났습니다. 두 사람은 어떻게 반응했을까요?

허리를 굽혀서 인사하는 사람은 괴테고요. 뒷짐 지고 고개 들고 지나가는 사람이 베토벤이에요. 세상사에 밝았던 괴테는 얼른 길을 비켜서서 황후한테 정중하게 인사를 올리는데, 베토벤은 짐짓 모르는 척 저렇게 뒷짐 지고 산책을 계속했다고 하죠. 물론 권력자에게 함부로 머리를 숙이지 않는다는 자존감이 남달랐기 때문이기도 하지만, 산책이 베토벤한테 그만큼 중요했다는 뜻입니다.

〈테플리츠 사건〉, 카를 로힝

    베토벤뿐만 아니라 모차르트, 브람스 같은 여러 음악가들도 규칙적으로 산책을 즐겼습니다. 저도 나이 들어서 문득 깨달았는데요, 많은 위인들이 가장 일반적으로 가졌던 습관이 산책이 아닌가 싶습니다. 산책하면서 뭔가에 집중하고 마음의 안정을 가져오는 원동력으로 삼은 것입니다.

    산책 하면 떠오르는 대표적인 인물이 독일 철학자 칸트입니다. 칸트가 얼마나 규칙적으로 산책을 했는지 알려 주는 유명한 일화가 있습니다. 하루는 칸트가 어느 가게 앞을 지나가는데, 가게 주인이 칸트를 보고는 문득 시계를 쳐다보더니 고개를 갸우뚱하더랍니다. 그러니까 칸트는 한결같이 6시 5분에 가게 앞을 지나가는데, 그날은 시계가 6시 6분을 가리키고 있었던 거죠. 가게 주인은 어떻게 했을까요? 시곗바늘을 고칩니다. 칸트가 늦을 리 없으니 시계가 느려졌다고 생각한 겁니다. 칸트의 철학은 그의 산책 습관만큼이나 지독하게 체계적이고 정교합니다.

베토벤은 20대부터 귀가 점점 들리지 않다가 30대 초반에 전혀 들을 수 없게 되었습니다. 음악가가 음악을 듣지 못한다는 건 너무나 치명적이에요. 사형 선고나 다름없어요. 게다가 여러 가지 병에도 시달렸어요. 보통 사람이라면 삶을 지탱할 힘을 잃었을 거예요. 하지만 베토벤은 한순간도 음악에 대한 열정과 의지를 멈추지 않았습니다.

아까 잠깐 이야기했던 하일리겐슈타트는 오스트리아 수도 빈에서 20킬로미터쯤 떨어져 있는 작은 도시입니다. 베토벤은 건강이 안 좋아지면서 하일리겐슈타트에 이사 와서 살았습니다. 그래서 하일리겐슈타트에는 베토벤의 흔적이 곳곳에 배어 있습니다. 베토벤 집도 있고 당연히 베토벤이 날마다 산책했던 길도 있어요. 그 길에서 베토벤은 날마다 산책하면서 삶에 대한 의지를 되살리지 않았을까, 이렇게 생각합니다.

저도 베토벤의 습관을 따라 해 보려고 출근할 때마다 버스 정류장까지 아파트 단지 주변을 빙 둘러서 산책합니다. 한 10년 정도 됐습니다. 아침 산책은 참 좋아요. 물론 육체적인 건강에도 도움이 되지만 늘 정신적인 자극을 받습니다. 아침에 출근하기 전에 산책하면 그날 해야 할 일이 머릿속에서 정리되고 마음에 평온이 찾아와서 하루를 편안하게 생산적으로 보낼 수 있습니다. 숲이 우거져 있는 산책길이라면 좋겠지만, 그 정도까지는 아니라도 고즈넉한 길에서 느긋하게 산책을 즐기면 에너지를 충전할 수 있을 거예요.

베토벤 하우스

　베토벤이 하일리겐슈타인 산책길을 걸으면서 썼던 교향곡이 있습니다. 여러분이 클래식 음악과 좀 가까워졌으면 하는 마음에서 잠깐 소개할게요. 교향곡 6번 〈전원〉입니다. 〈전원〉 교향곡을 모두 들으려면 45분가량 걸립니다. 요즘같이 바쁜 일상에 이걸 듣자니 엄두가 안 나죠? 그래도 산책할 때 한두 악장 정도 끊어서 20분 정도 들으면 적당할 거예요. 여러분이 산책길에 〈전원〉을 들으면서, 베토벤이 하일리겐슈타트 산책길에서 느꼈을 그 정서를 공감해 보면 좋겠습니다.

가계부 숫자와 싸우며
자유와 긍지를 지켜 내다

●

그다음 습관이 뭐냐 하면, 베토벤은 날마다 가계부를 썼습니다. 오늘날 사람들은 베토벤을 악성(음악의 성인)이라고 칭송합니다. 물론 베토벤이 남긴 위대한 음악적 업적 때문입니다. 그런데 저는 여기에 하나 더 추가하고 싶습니다. 베토벤은 그 당시 다른 음악가들이 감히 상상하지 못한 쉽지 않은 선택을 했습니다. 베토벤은 음악사를 통틀어서 최초로 스스로 프리랜서 길을 선택한 작곡가입니다. 프리랜서는 혼자서 작업하고 오직 자신의 능력으로 경제적인 문제를 해결해야 합니다.

물론 그 당시에도 프리랜서 음악가가 많았습니다. 하지만 그들이 프리랜서가 된 이유는 스스로 선택한 게 아니라 아무도 그들을 고용하지 않았기 때문입니다. 당시에 이름 높은 음악가들은 모두 어딘가에 소속되어 있었습니다. 생계를 보장받는 대가로 자신을 고용한 사람을 위해 음악을 작곡하고 연주해 주었습니다.

베토벤은 젊은 시절에 이미 이름을 알리고 능력을 인정받았기 때문에 자기가 원한다면 어느 궁중 어느 귀족 어느 교회에서라도 일할 수 있었습니다. 하지만 베토벤은 '나는 다른 사람이 원하는 음악이 아니라 내가 하고 싶은 음악을 하면서 내 삶을 꾸려 가겠다'고 마음먹고 안락한 삶을 과감히 박차고 나왔습니다. 그러고는 평생 그 결심을 실천했습니다. 그러다 보니 수입이 불규칙했고 늘 경제적인 어려움이 있었습니다. 그걸 극복했던 원천이 바로 가계부입니다. 베토벤은 늘 수입과 지출을 기록해서 앞으로 자기가 감당해야 할 재정 문제를 예측하고 대비했습니다.

베토벤은 어려운 집안 형편 때문에 음악가로서 직업적인 교육은 받았지만, 다른 분야는 기본적인 교육조차 받지 못했습니다. 그래서 숫자를 다루는 데 굉장히 어려움을 겪었고, 곱셈조차 못했어요. 곱셈을 못해서 '163×3'을 계산할 때, '163＋163＋163' 이렇게 더하기로 일일이 바꿔서 계산했습니다. 이렇게 서투르고 골치 아파했지만 날마다 가계부 쓰기를 멈추지 않았습니다.

베토벤은 금전 출납부를 쓰면서 반드시 쓰지 않아도 될 돈을 아끼고, 꼭 필요한 곳에만 지출했습니다. 어려운 경제 형편에도 돈을 조금씩 알뜰하게 모았습니다. 베토벤은 이렇게 돈을 모아서 어디에 썼을까요? 동생의 아들, 조카 카를에게 주었습니다. 베토벤은 누군가 자기 집안을 다시 일으켜 세우기를 바랐습니다. 그래서 유일한 혈육이었던 카를에게 가계부를 써서 모은 돈을 물려주었던 것입니다. 음악을 통해서 인류에게 자유와 열정의 메시지를 전해 준 악성의 계획치고는 아주 소박하지요? 하지만 베토벤에게는 무척 소중한 꿈이었고, 이 꿈을 위해 자신과의 약속을 끝내 지켜 냈습니다.

사람이 경제적으로 어려워지면 자기도 모르게 누구에겐가 비굴해지고 또 의기소침해지기 마련이에요. 베토벤은 어려운 형편에도 어떻게든 경제적인 여유를 만들어서 자기의 자유와 긍지를 지켜 갔습니다. 가계부가 베토벤에게 가져다준 가장 큰 소득은 그런 자존감이 아니었을까요?

메모하고 메모하고 또 메모하다

●

아침 일찍 일어나서 60개의 커피 원두를 하나하나 골라내면서 다음 일에 집중할 수 있는 정서적인 여유를 마련하고, 몰입해서 곡을 쓰다가 집중력이 흐트러졌을 때 산책하면서 에너지를 충전하고, 하루하루 벌고 지출하고 하는 내용을 기록하면서 자유와 긍지를 지키고……. 슬쩍 보아도 베토벤이 얼마나 규칙적이고 치열하게 살았는지 느껴집니다. 그런데 베토벤은 여기에 한 가지 더 남다른 습관이 있었습니다. 무엇이든지 기록하는 겁니다. 순간순간의 모든 것을 기록했습니다.

우리는 날마다 끊임없이 무언가를 하면서 느끼고 생각합니다. 그중에 대부분 사건과 생각은 며칠만 지나면 머릿속에서 지워집니다. 깊이 인상에 남은 몇 가지를 빼고는 다 사라집니다. 삶의 순간순간마다 기억할 만한, 잊지 말아야 할 내용을 기록해 두면 얼마나 좋을까요. 하지만 이게 쉽지 않습니다. 메모하는 행위는 아주 귀찮고, 때로는 의미 없어 보이고, 습관을 들이기도 매우 어렵습니다.

요즘에는 스마트폰으로 사진으로 찍어 두면 되니까 더더욱 메모를 하지 않습니다. 하지만 사진으로 남기는 기록에는 딱 한 가지 빠지는 게 있습니다. 바로 생각이죠. 메모를 하려면 생각을 해야 합니다. 내 생각을 정리하고 적어 두는 습관을 되풀이하면 생각도 점점 단단해집니다. 베토벤은 메모를 하면서 지성과 열정을 축적했고, 그게 기반이 되어 그처럼 빈틈없이 완결성을 갖춘 명곡을 남길 수 있었던 것은 아닐까요?

이쯤에서 T. S. 엘리엇의 시 〈The Rock〉의 한 구절을 여러분께

베토벤이 남긴 〈10번 교향곡〉 악상 메모

소개할게요.

Where is the Life we have lost in living?

Where is the wisdom we have lost in knowledge?

Where is the knowledge we have lost in information?

　이 시는 사실 연극 대본인데 운문시 형식으로 씌었습니다. 군중이 외치듯이 코러스하는 부분이죠. '우리는 열심히 살아왔는데, 어느덧 인생이 어디 가고 없더라. 우리는 지혜를 구하기 위해 열심히 지식을 쌓았는데, 그렇게 얻은 지식이 지혜가 되지 않더라. 우리는 지식을 쌓기 위해 이런저런 정보를 주어 들었는데, 그 정보가 지식이 되지 않더라', 이런 내용입니다.

　단편적인 정보는 그 자체로는 절대 지식이 되지 않습니다. 그 정보를 하나하나 나만의 언어로 메모하고, 기록한 메모를 보면서 오늘 하루 내 주변에 어떤 일이 있었는지 살피고 생각해야 지식이 됩니다.

그러면 지식을 지혜로 만드는 습관은 무얼까요? 제가 생각하기에 가장 멋진 습관은 일기 쓰기입니다. 일기는 내 안의 나와 만나는 시간입니다. 거짓말도 과장도 꾸밈도 없이 과거와 현재와 미래의 내가 마주 앉아 대화합니다. 그 시간만큼씩 지혜가 쌓입니다. 물론 베토벤은 일기도 썼습니다.

베토벤은 늘 질문 형식으로 메모를 남겼습니다. 그중에서 가장 유명한 베토벤의 메모가 있습니다. 〈현악 사중주 16번〉은 베토벤의 마지막 작품입니다. 사람들은 흔히 베토벤의 최고 걸작으로 교향곡 9번 〈합창〉을 꼽는데요, 클래식 음악 전문가들은 〈현악 사중주 16번〉이야말로 진짜 베토벤의 금자탑이라고 평가합니다. 베토벤은 당대의 모든 음악 장르에서 아무도 넘볼 수 없는 엄청난 업적을 이뤘는데요, 그중에서도 '넘사벽' 작품이라는 겁니다. 〈현악 사중주 16번〉을 쓸 때 베토벤은 너무 쇠약해져서 몸을 가눌 수조차 없는 상황이었어요. 그런데 음표를 그리다 말고, 너무 쇠약해서 다른 곳에 메모할 힘도 없어서, 갑자기 떠오르는 어떤 생각을 악보 빈칸에 메모했습니다. 뭐라고 적었을까요?

'Muss es sein?' 우리말로 '반드시 그래야만 하나?' 이렇게 물어보는 메모입니다. 그러다 한참 또 곡을 써요. 곡을 쓰면서도 그 생각을 떨치지 못했던 것 같습니다. 마지막 즈음에 아마 결론이 났던 것 같습니다. 'Es muss sein', 우리말로 '그래야만 한다' 이렇게 적혀 있습니다. 베토벤은 왜 이런 메모를 남겼을까요?

여기에는 여러 가설이 있습니다. 그중에 하나를 소개할게요. 평소 알고 지내던 뎀브셔가 빚진 돈을 갚지 않자 베토벤이 "돈을 내야지" 했습니다. 뎀브셔가 "그래야만 하나?" 하고 버텼더니 베토벤이 껄껄 웃으며 "그래야만 한다"고 했답니다. 베토벤은 뎀브셔와 주고받았던 말에서 영감을 받아 악보를 쓰면서 거기에 적어 넣었다는 얘기가 있습니다.

이 밖에도 베토벤의 비서는, 베토벤이 가정부 주급을 올려 줘야 할지 말아야 할지 고민한 흔적이라고 했습니다. 또 누군가는 베토벤이 음표 하나를 어디에 그릴지 고통스럽게 고민하다가 결심하면서 쓴 메모라고 짐작하기도 합니다.

저는 그게 어떤 상황에서 나온 메모인지 중요하지 않다고 생각해요. 정말 중요한 건 메모를 한 행위 자체입니다. 베토벤은 날마다 삶의 순간순간 부딪히는 모든 문제를 그냥 흘려보내지 않았어요. 어떤 문제에 대해서 스스로 답을 찾지 않고는 그냥 지나치지 못했습니다. 커피 한 알도, 음표 하나도, 가정부한테 지출해야 할 급여조차도 반드시 스스로 수긍해야 했습니다. 그 의지를 순간순간 스스로 되뇌어 묻고 또 메모하면서 가다듬었습니다.

악보를 쓰면서 문득 어떤 문제가 떠올랐을 때 베토벤은 그냥 지나치지 않고 스스로에게 집요하게 물어봅니다. '반드시 그래야만 하나?' 그러다 한참 또 곡을 썼어요. 곡을 쓰면서도 아마 그 생각을 떨치지 못했습니다. 그러다가 마지막에 아마 결론이 났던 것 같습니다. '꼭 그래야만 해!' 악보의 메모는 베토벤이 마지막까지 지켜 냈던 습관, 의지의 증거라고 생각합니다.

〈현악 사중주 16번〉 베토벤이 직접 그린 악보

아침 일찍 일어나서,
네 멋대로 살아라

●

자, 그래서, 베토벤은 이런 습관을 통해서 어떤 삶을 살고 싶었던 걸까요? 베토벤이 날마다 다짐했던 게 있습니다. '될 수 있는 한 선한 일을 하고, 무엇보다 자유를 사랑하고, 만약 국왕 앞에 불려 간다고 해도 절대 진리를 부인하지 말자. 거짓을 말하지 말자.' 이 다짐을 지키기 위해서 날마다 규칙적인 습관을 되풀이하고, 스스로에게

묻고 대답하고 고뇌했던 겁니다. 그 자유가 무엇이냐? 베토벤 다음
세대를 살았던 영국 작가 에밀리 브론테의 시 〈부귀영화를 가볍게
여기네〉로 대신하겠습니다.

부귀영화를 난 가볍게 여기네.
사랑도 까짓것, 웃어넘기네.
명예욕도 아침이 오면
사라지는 한때 꿈이었다네.

내가 기도한다면, 내 입술을 움직이는
단 한 가지 기도는
"제 마음 지금 그대로 두시고
저에게 자유를 주소서!"

그렇다. 화살 같은 삶이 사라질 때
내가 바라는 것은 오직 하나.
삶에도 죽음에도 인내할 용기 있는
자유로운 영혼이 되기를.

어떤 삶이 성공적인 삶일까요? 우리는 항상 결과를 놓고 얘기하
는데요. 결과는 나중 이야기고, 내가 마음먹은 대로 뜻하는 대로 사
는 게 아닐까요? 남부럽게 살기보다는 스스로 부끄럽지 않게 사는
삶이야말로 성공한 삶이 아닐까요?

따라서 성공한 삶을 살아가려면, 원대한 꿈을 꾸고 큰 이상을 가

지는 것도 중요하지만, 날마다 스스로 작은 원칙을 정해서 스스로 실천하는 게 중요합니다. 그 과정이 거듭되고 나날이 쌓여서 여러분이 꿈꾸는 삶이 가능해질 것입니다. 단순한 일이지만 반드시 여러분이 일어날 수 있는 시간을 정하고, 눈뜨면 바로 할 수 있는 일을 정하고, 그로부터 마음의 안정을 취하고, 그래서 나머지 하루를 뿌듯하고 보람 있게 보내기를 바라겠습니다.

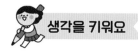
생각을 키워요

Q. 01

혹시 교수님도 가계부를 쓰나요? 쓴다면 지출할 때는 좋았지만 나중에 후회했던 내역이 있었나요?

부끄럽지만 오래된 습관은 아니고, 가계부 쓴 지 한 3년 됐습니다. 코로나 사태 전에는 어디로 이동할 때 주로 대중교통을 이용했습니다. 걷기 위해서. 버스 타고 지하철 타고 그랬는데, 어쩌다 보니 제가 택시를 자주 이용하고 있더라고요. 택시 타고 몇천 원 내면 그때는 얼마 되지 않는 것 같은데요. 그걸 일주일 한 달 가계부에 적어 놓고 보니까 웬걸, 액수가 꽤 되더라고요. 조금 더 일찍 출발했다면 버스와 지하철을 탈 수 있었는데, 자꾸 게으르게 몸을 움직였던 거죠. 만약에 1~2년치 택시비를 모았다면 좀 더 뜻있는 일을 할 수도 있었겠다 싶어 후회했습니다.

Q. 02

어떤 사람들은 시간을 잘 분배해서 쓰더라고요. 어떻게 하면 시간을 효과적으로 분배할 수 있을까요?

시간 분배는 먼저 자기에 맞는 바이오리듬 있거든요? 특히 하루에 몇 시간쯤 자고 아침에 몇 시쯤 일어나는 게 좋은지, 자기 몸 상태를 꼼꼼히 살펴서 찾아가야 합니다. 그다음 하루의 처음을 알리는 루틴은 꼭 습관을 들였으면 좋겠어요. 청소를 할 수도 있고 베란다에 화초를 가꿀 수도 있고, 개나 고양이를 기른다면 변기를 청소하거나 밥을 챙겨 줘도 좋아요. 눈을 떠서 가장 먼저 뭔가에 집중함으로써 그다음 일을 계획적으로 안정적으로 준비하는 거죠.

하루 일과를 어떻게 배분하고, 또 어떤 일을 몇 분 동안 집중할지, 물리적인 시간은 하나도 중요하지 않아요. 예를 들어 기타 역사에서 가장 위대한 사람으로 꼽히는 세고비아에게 무엇보다 중요한 일은 하루도 빠짐없이 5시간 연습하는 것을 실천한 것입니다. 그 연습은 정해진 시간에 오전에 두 번, 오후에 두 번, 각각 한 시간 15분씩 네 차례에 걸쳐 이루어졌습니다. 다섯 시간의 연습이 결코 길지 않은 듯싶지만 그마저도 네 번으로 나누어 최고의 집중력을 쏟았고, 그렇게 날마다 되풀이하였기에 그처럼 높은 경지와 업적을 이룰 수 있었습니다. 또 누군가는 서너 시간 지속적으로 집중할 수 있겠죠. 어떤 일을 얼마 동안 집중하는 게 좋은지는 자꾸 되풀이하면서 찾아가야죠. 자기만의 루틴을 찾는 게 아주 중요합니다. 또 하나 중요한 점, 하루 일과를 배분할 때 긴장을 이완하는 휴식 시간도 꼭 필요합니다. 잘 쉬어야 일도 집중해서 잘 해낼 수 있습니다.

Q. 03

아침에 알람을 듣고도 일어나기 힘들어요. 어떻게 고칠 수 있을까요?

아침에 꼭 빨리 일어나야 하는 건 아니에요. 청소년 여러분에게 학교에 지각할 정도 시간대까지 제시하면 안 되겠지만, 사람에 따라서 좀 더 늦게 자고 늦게 일어나는 게 나을 수도 있죠. 보통은 아침에 못 일어나는 이유는 자는 시간이 너무 늦기 때문이겠죠? 청소년 여러분뿐만 아니라 학부모님에게 제가 드리고 싶은 말씀은요, 자꾸 엄친아를 들먹이면서 비교하면 안 돼요. 그러면서 심지어 하루에 네 시간만 자라, 다섯 시간만 자라고 강요합니다. 하지만 사람이 어떻게 다 똑같을

수 있어요? 자기한테 맞게 충분히 잠을 자야 깨어 있는 시간을 훨씬
더 집중할 수 있습니다.

만약 아침에 알람을 듣고도 못 일어난다거나 일어난 뒤에도 한동안
머리가 몽롱하고 몸이 개운하지 않다면, 아마도 취침 시간이 불규칙
하기 때문일 거예요. 수면이 불규칙하면 아무리 많이 자도 피로가 풀
리지 않아요. 되도록 스스로 정한 규칙에 따라 취침 시간을 지켰으면
좋겠습니다.

Q. 04
자신의 주관과 자신이 원하는 삶의 방향에 맞도록 올바른 습관을 설
정하는 방법에 대해 좀 더 구체적으로 알려 주세요.

먼저 자기 목표가 뚜렷해야겠습니다. 어떻게 하면 자기 목표를 세울
수 있을까요? 세 가지 질문을 스스로에게 해 보세요.

첫 번째 질문, '나는 어떤 세상을 살고 싶은가?'입니다. 다른 사람들
이 이야기하는 미래 사회 말고, '나는 어떤 세상을 원하는가?'입니다.
예를 들어 '모두가 평등한 세상' '모두 자유를 누리는 세상' '아무도
굶주리지 않는 세상' 등등 마음이 따뜻해지고 두근거리는 세상을 떠
올려 보세요. 구체적일수록 더 좋습니다.

그다음 질문, '그런 세상을 위해서 내가 무엇을 할 것인가?'입니다.
내가 살고 싶은 세상을 만들기 위해서 내가 하고 싶은 일이 있을 겁니
다. 그냥 뒷짐 지고 기다릴 수는 없잖아요? 아주 중요하거나 거창할
필요 없습니다. 비록 거창하지 않아도, 남들이 잘 몰라줘도 나에게 소
중한 일이면 됩니다.

그런데 꿈과 현실 사이에 괴리가 생길 때가 있습니다. 하고 싶은 일
이 있는데, 지금 당장 내가 할 수 있는 형편이 안 되는 거죠. 예를 들

어 학생이 사회로 나가 회사를 다닐 수 없으니까요. 이때 마지막 질문을 할 차례입니다. '내가 하고 싶은 일을 위해서 지금 단계에서 무엇을 해야 하지?' 꿈과 현실과의 괴리는, 달리 생각하면 좋은 기회입니다. 하고 싶은 일을 할 수 있는 능력을 갖추기 위해서 뭔가를 준비할 수 있으니까요.

더 넓은 세상으로 나아가 세계인과 만나고 싶다면 영어와 외국어를 공부해야겠죠. 어려운 사람을 돕고 싶다면 가까이 있는 사회단체를 찾아가서 봉사 활동을 시작해 보세요. 자는 시간, 먹는 시간, 학교에서 공부하는 시간 말고, 나머지 시간을 그런 일로 채워 보세요. 조금씩 하나하나 채워 가는 게 중요합니다.

[사진 및 자료 출처]
연합뉴스, 조광래, www.cyberneum.de, 레이밴, 오큘러스 퀘스트, 마이크로 소프트

FUN & LEARN 01

청소년을 위한 미래 교과서

1판 1쇄 인쇄 | 2022. 7. 8.
1판 1쇄 발행 | 2022. 7. 15.

김용섭 김태원 김하종 박길성 이명현 장동선 정지훈 조광래 홍승찬 글 | 이지후 그림

발행처 김영사 | **발행인** 고세규
편집 문자영 | **디자인** 홍윤정 | **마케팅** 서영호 | **홍보** 박은경, 조은우
등록번호 제 406-2003-036호 | **등록일자** 1979. 5. 17.
주소 경기도 파주시 문발로 197(우10881)
전화 마케팅부 031-955-3100 | 편집부 031-955-3113~20 | 팩스 031-955-3111

값은 표지에 있습니다.
ISBN 978-89-349-4253-5 43810

좋은 독자가 좋은 책을 만듭니다. 김영사는 독자 여러분의 의견에 항상 귀 기울이고 있습니다.
전자우편 book@gimmyoung.com | 홈페이지 www.gimmyoungjr.com